रघुवीर सहाय ने लिखा है—'अपनी एक मूर्ति बनाता हूँ, और ढहाता हूँ/और आप कहते हैं कि कविता की है।' इसे यदि दुबारा कोई लेखक हिन्दी में लिख सकता है, तो वह कथाकार उदय प्रकाश है। उदय प्रकाश की हर महत्त्वपूर्ण कहानी ने हिन्दी कहानी के साँचे को तोड़ा है। इतना ही नहीं, उसने स्वयं बार-बार अपने ही बनाये साँचे तोड़े हैं।

उदय प्रकाश एक ऐसा हिन्दी लेखक है जिसे उर्दू, मराठी आदि अन्य भारतीय भाषाओं में और अंग्रेज़ी, जर्मन, फ्रेंच आदि विदेशी भाषाओं में भरपूर सम्मान मिला है, जब कि हिन्दी अभी दर्शक-दीर्घा में ही बैठी है। उदय प्रकाश न सिर्फ़ श्रेष्ठ कथाकार हैं, वह अच्छे कवि भी हैं।

—प्रभाकर श्रोत्रिय

हिन्दी साहित्य के पिछले सौ सालों में के इतिहास में कवि और कथाकार के रूप में समान रूप से लेखन करने वाले तीन ही लेखक हुए हैं, और वह हैं—जयशंकर प्रसाद, अज्ञेय और उदय प्रकाश। अगर हिन्दी कहानी के पिछले सौ वर्षों में, मैं आठ नाम लूँ, तो उसमें भी उदय प्रकाश सम्मिलित होंगे। ये आठ नाम हैं—प्रेमचन्द, जैनेन्द्र, अज्ञेय, यशपाल, फणीश्वरनाथ रेणु, भीष्म साहनी, हरिशंकर परसाई और निर्मल वर्मा।

—नामवर सिंह

मैं तो साफ़-साफ़ कहूँगा, उदय जी को एक से दस तक तो क्या, उन्हें कोई भी नम्बर नहीं छू पाता है। वो नम्बरों से ऊपर की चीज़ हैं...बियोंड नम्बर! मैं उदय जी की कहानियों का बहुत बड़ा समर्थक हूँ। भक्त हूँ। जितना मैंने पढ़ा है, उसमें दुनिया के किसी भी रचनाकार ने मुझे इतना नहीं छुआ है, जितना उदय जी की रचनाओं ने...मैं उनके बराबर किसी रचनाकार को नहीं रख सकता। जो गहराई और आत्मीयता उनकी कहानियों में है, वो सर्वथा अनुपलब्ध है।

—इरफ़ान

उदय प्रकाश को कवि-कथाकारों की परम्परा में रखना चाहूँगा—अज्ञेय, मुक्तिबोध, जयशंकर प्रसाद, जो इतने बड़े कवि, नाटककार, कहानीकार भी हैं। रघुवीर सहाय, श्रीकान्त वर्मा, कुँवर नारायण, विनोद कुमार शुक्ल, इन सबने कहानियाँ लिखीं। सम्भवतः एक बुनियादी फ़र्क़ हो सकता है कि उदय प्रकाश इनके मुक़ाबले अधिक पक्के कहानीकार हैं। उदय प्रकाश एक सच्चे लेखक हैं। इसलिए मेरे हिसाब से उनकी कहानियों में बहुत बड़ी सामाजिक चिन्ता भी व्यक्त होती है और इसे व्यक्त करने के साथ-साथ जो मनुष्य का अन्तर्लोक है, आन्तरिक उत्सुकताएँ और बेचैनियाँ हैं, उन्हें भी वे साथ में लेते हैं। सारे पक्ष, अन्तर्लोक-बहिर्लोक, अन्दर-बाहर की सच्चाई, अपने गल्प में वे सब कुछ सोचते हैं।

—अशोक वाजपेयी

कविता-संग्रह—*सुनो कारीगर* (1980) से कवि-जीवन का आरम्भ दृष्टिगत हुआ था। संवेदना में सीझी हुई वैचारिकता ने उनके कवि को अलग पहचान दी थी। लेकिन कथा-क्षेत्र में सिद्धि-प्रसिद्धि अर्जित करते हुए उनके लेखन का कवि-रूप गौण-सा होता गया, जबकि यह उनकी कवि-दृष्टि ही थी, जो हिन्दी कथा में उनके द्वारा सम्भव नवोन्मेष के मूल में थी। यह कवि-दृष्टि सामाजिक तलछट में जीने वाले जन तक पहुँचकर उसे आँकती थी। यह लोक-संवेदना से पूरित और करुणा से संचालित सर्जक चित्त की देखती हुई आँख थी। विश्व-साहित्य के अवगाहन ने जिसके दृष्टि पारस को विस्तार दिया।

—ज्ञानेन्द्रपति

अन्तिम नीबू

उदय प्रकाश

वाणी प्रकाशन

प्रकाशन के उत्कृष्टतम 60 वर्ष

पेपरबैक प्रथम संस्करण : 2023

vaniprakashan.com

वाणी प्रकाशन

4695, 21-ए, दरियागंज, नयी दिल्ली-110 002

फ़ोन : +91 11 23273167, 23275710

शाखाएँ

अशोक राजपथ, पटना-800 004, बिहार

कॉफ़ी हाउस कैम्पस, महात्मा गांधी मार्ग, इलाहाबाद-211 001, उत्तर प्रदेश

महात्मा गांधी अन्तरराष्ट्रीय हिन्दी विश्वविद्यालय, वर्धा-442 001, महाराष्ट्र

36/ए, शेक्सपियर सरणी, रानी बिरला गर्ल्स कॉलेज के पास, कोलकाता-700 017, प. बंगाल

sales@vaniprakashan.in

vaniprakashan@gmail.com

Antim Nimbu

by Uday Prakash

ISBN : 978-93-5518-120-6

Collection of Stories

मूल्य : ₹ 299

आर. टेक ऑफ़सेट प्रिंटर्स, दिल्ली-110 032 में मुद्रित

वाणी प्रकाशन का लोगो मक़बूल फ़िदा हुसेन की कूची से

जिनकी अब स्मृतियाँ ही शेष हैं :

केदारनाथ सिंह, नामवर सिंह, कन्हैयालाल नन्दन, प्रभाकर श्रोत्रिय, दूधनाथ सिंह, कृष्णा सोबती, नन्दकिशोर नवल, मन्नू भण्डारी, मंज़ूर एहतेशाम, सतीश कालसेकर, पंकज सिंह, नेमिचन्द्र जैन, रेखा जैन, निदा फ़ाज़ली, ईशमधु तलवार, अशोक शास्त्री, विष्णुचन्द्र शर्मा, रमेश उपाध्याय, अर्चना वर्मा, कविता महाजन, इरफ़ान, यू.आर. अनन्तमूर्ति, गोपीचन्द नारंग, सुनील गांगुली, गिरीश कर्नाड, विवान सुन्दरम्, दिवेन्दर कौर उप्पल, विष्णु खरे, मंगलेश डबराल, विश्वास राव, सतेश्वर मोरे, लोठार लुत्शे, हनालोर लाउत्शके, आलोकरंजन दासगुप्ता, शिवकुमार मिश्र, सुनीत चोपड़ा, मैनेजर पाण्डे, वीरेन डंगवाल, भारत यायावर, श्याम कश्यप, गीता भाभी, राजकुमार केसवानी, संजय चौहान, वसन्त कालसीकर, सुरेश सलिल, गिरीश मिश्र, नीरज वाजपेयी, अनिल वाजपेयी, रमेशदत्त दुबे, प्रभु जोशी, अंजनी चौहान, सबिया हाशमी, कैलासचन्द सक्सेना, जयन्त पवार, त्रिनेत्र जोशी, अली जावेद, गोविन्द श्रीवास्तव, लालचन्द कुन्दनानी।

और कुछ बहुत अपने छुप गये हैं ओट में
जहाँ से पुकार लेंगे कभी भी।

कुछ कहना है

मेरा यह नया कहानी संग्रह–**अन्तिम नीबू** एक लम्बे समय के बाद आ रहा है। इस बीच मैंने बहुत कम कहानियाँ ही लिखीं। सम्भवतः **मैंगोसिल** वह अन्तिम लम्बी कहानी थी, जो लिखी गयी, जो इसी शीर्षक से पेंगुइन इंडिया द्वारा प्रकाशित हुई थी फिर बाद में एक अलग़ क़िताब के बतौर वाणी प्रकाशन से प्रकाशित हुई। फिर भी यह विश्वास है कि मेरे दोस्तों और पाठकों को यह नया कहानी संग्रह इसलिए अच्छा लगेगा क्योंकि इसमें मेरे जीवन की सबसे पहली कहानी–**बिजली का बल्ब और मौत का फ़ासला** और आज तक की सबसे अन्तिम कहानी–अन्तिम नीबू सम्मिलित है। इसके अलावा, इस संग्रह में वे कहानियाँ हैं, जो अब तक किसी भी संग्रह में एक साथ संकलित नहीं हैं।

बिजली का बल्ब और मौत का फ़ासला, सन् 1967 में मेरे कॉलेज (शासकीय महाविद्यालय शहडोल, मध्य प्रदेश) की पत्रिका–'**वाणी**' में प्रकाशित हुई थी। उस समय मेरी उम्र 15 वर्ष की थी। मैं बी.एससी. प्रथम वर्ष का छात्र था। यह देखकर ख़ुशी होती है कि लगभग 56 वर्षों के बाद यह जब किसी संग्रह में प्रकाशित हो रही है, तो प्रकाशन का नाम–**'वाणी प्रकाशन'** ही है। यह कहानी मैं पूरी तरह से भूल चुका था, लेकिन मेरे किन्हीं सहपाठी ने उसे कहीं से खोज निकाला और यह **'वागर्थ'** में, हिन्दी के जाने माने कवि और उसके तत्कालीन सम्पादक **एकान्त श्रीवास्तव** के समय में कुछ वर्षों पहले पुनः प्रकाशित हुई। इस संग्रह में मेरी दूसरी कहानी भी है, जो कॉलेज की उसी पत्रिका में अगले वर्ष 1968 में

प्रकाशित हुई—**वही मसीहा वही सलीब**। इन कहानियों का भले ही आज कोई साहित्यिक महत्त्व न हो, पर मुझे वे उसी तरह प्रिय लगती हैं, जैसे किसी को भी अपने बचपन की पुनर्स्मृति में तब की बहुत–सी बाल–चेष्टाएँ प्रिय लगती हैं। विस्मृत तो शायद कुछ भी नहीं होता। कोई एक निरन्तरता सदा विद्यमान रहती है। इसे हम सबके प्रिय कवि–कथाकार **कुँवर नारायण** जी ने बहुत सुन्दर तरीक़े से अपनी एक कहानी में व्यक्त किया है :

"वह जो हमारी स्मृति में है, जीवित है हमारे वर्तमान में भी, हमारी चेतना से अनुप्राणित और सचेत किया हुआ। वह जाग रहा है हमारी कल्पना से जगाया और गतिमान किया हुआ। विगत, एक फ़िल्म की तरह आगत किया हुआ। विस्मृत भी, यानी भूला हुआ भी, समय के अखण्ड में है कहीं मौजूद। प्रत्येक क्षण सुरक्षित, अविनष्ट, ज्यों–का–त्यों। उसे भी जगाया जा सकता है, उसके किसी भी कालखण्ड को आज और अभी, यानी त्रिकाल को तत्काल से जोड़ कर सक्रिय जिया जा सकता है—पुनः पुनः, विभिन्न समयों में, विभिन्न स्थानों में। उनकी बुनियादी ऊर्जा एक है; उनके आयाम और रूपाकार कई हैं।"

(***कूछा में हुएन–त्सांग***, बेचैन पत्तों का कोरस संग्रह से।)

यह उद्धरण बहुत कुछ दार्शनिक प्राक्कथन सा लग सकता है, ख़ास तौर पर तब जब **तत्काल में त्रिकाल** जैसा पद–बन्ध हम पढ़ते हैं। लेकिन समय की निरन्तरता के सन्दर्भ में यह उक्ति सामान्य और व्यावहारिक है। वैसे भी यह उद्धरण किसी निबन्ध का प्राक्कथन या प्रस्तावना नहीं, स्वयं एक कथा का ही अंश है। 'त्रिकाल' का आशय अतीत, वर्तमान और भविष्य ही है। रचना के स्तर पर यह रचनाकार की स्मृति, अनुभव और स्वप्न या कल्पना के अर्थ में समय सूचक होता है। **कुँवर नारायण** जी की कविताओं में भी इसी उक्ति की तरह कुछ आध्यात्मिक संकेत होते हैं, जिनका विखण्डन उनकी रचनाओं के व्यावहारिक पाठ की बहुल–अर्थी व्याख्या की माँग प्रस्तुत करते हैं। इसी उक्ति के अन्तिम वाक्य को ध्यान से देखें :

'उनकी बुनियादी ऊर्जा एक है; उनके आयाम और रूपाकार कई हैं।'

इस वाक्य की अनेक संस्तरों के साथ व्याख्या हो सकती है। इसीलिए उनके इस कथन से असहमति की गुंजायश लगभग नहीं के बराबर है। स्वयं ही सोच कर देखें, भला लगभग आधी बीसवीं सदी और अब लगभग चौथाई इक्कीसवीं तक निरन्तर जीते चले जाने की स्मृतियों की इस असमाप्त निरन्तरता के कितने विन्यास सम्भव होंगे। है न?

इस संग्रह में एक कहानी है–**आवरण**। यह व्यक्तिगत सन्दर्भ में इसलिए महत्त्वपूर्ण है कि यह तब लिखी गयी, जब मैं 60 वर्ष का हुआ था और मेरे प्रति छात्र जीवन से निरन्तर स्नेह रखने वाले विख्यात आलोचक और सम्पादक **स्व. प्रभाकर श्रोत्रिय** ने आग्रह और आदेश से इसे लिखवाया और इस कहानी को भोपाल से निकलने वाली बहुचर्चित पत्रिका **'पूर्वग्रह'** के विशेषांक में प्रकाशित किया। वे उस समय 'पूर्वग्रह' के सम्पादक थे। मेरी रचनायात्रा में उनका योगदान अविस्मरणीय है। **आवरण** तथा **अरेबा–परेबा**, दोनों कहानियाँ उनकी कृतज्ञ स्मृति को समर्पित रचनाएँ हैं। **अरेबा–परेबा** एक स्वतन्त्र संग्रह के रूप में बहुत पहले अलग से प्रकाशित हो चुकी है। इसी तरह–**रुक्कू** कहानी प्रख्यात और बहुचर्चित कवि एवं छात्र जीवन से मेरे प्रिय मित्र **स्व. पंकज सिंह** द्वारा सम्पादित पत्रिका–**'सोच'** के लिए लिखी गयी थी, जिसका कई भाषाओं में अनुवाद हुआ। जर्मन भाषा में इसका अनुवाद **हेंज़ वेस्लर** ने किया था। वेस्लर हिन्दी भाषा के सुप्रसिद्ध विद्वान हैं। वे विएना के **उपासला विश्वविद्यालय** में वरिष्ठ प्राध्यापक हैं। हिन्दी साहित्य के प्रसार और सेवा के लिए उन्हें केन्द्र सरकार द्वारा सम्मानित भी किया जा चुका है। इसी तरह से चर्चित और अनूदित कहानी है–**जज सा'ब**। यह कहानी सबसे पहले–**'तहलका'** पत्रिका में प्रकाशित हुई फिर इसके अनुवाद भी कुछ भारतीय और विदेशी भाषाओं में हुए। अंग्रेज़ी में इसका अनुवाद फ्रांस और अमेरिका से प्रकाशित होने वाली चर्चित साहित्यिक पत्रिका–**'म्यूज़िक एंड लिटरेचर'** में प्रकाशित हुआ। इसका अनुवाद मेरे पाठकों और दोस्तों के बीच परिचित और प्रिय हिन्दी भाषा के रचनात्मक और प्रसिद्ध

अनुवादक **जेसन ग्रुनेबाम** ने किया था। जेसन, जैसा आप सब जानते हैं, **शिकागो विश्वविद्यालय** में वरिष्ठ प्राध्यापक हैं। वे स्वयं भी अमेरिका के सम्मानित कथाकार हैं। **जज सा'ब** कहानी इक्कीसवीं सदी में टूटते–बिखरते पारिवारिक रिश्तों–नातों, उनके बीच पनपते सन्देह, बेगानेपन, बढ़ती दूरियों की मार्मिक विडम्बना की कहानी होने के साथ–साथ दूसरी ओर वंचना, अभाव और किसी उम्मीद पर जीवित महानगर के पात्रों के अनिश्चित जीवन की भी कहानी है। यह कहानी हमारे समय के उस यथार्थ से पर्दा हटाती है, जो किसी भी पाठक को स्तब्ध कर सकता है। इसी तरह–**आवरण** और **रुक्कू** कहानियाँ भी इक्कीसवीं सदी में नयी व्यावसायिक या वाणिज्यिक पूँजी से निर्मित मुक्त बाज़ार में परस्पर होड़ और प्रतिद्वन्द्विता के बीच शिकार हो रहे सामान्य पात्रों के जीवन की मार्मिक कहानियाँ हैं। अगर रुक्कू में वह पात्र घरेलू काम–काज करने वाली नौकरानी 'माया' और प्रायवेट बसों के पहियों से कुचले गये उसके नन्हे से बेटे की कहानी है, तो आवरण कहानी एक किताब के कवर डिज़ाइनर कलाकार और उस किताब के लेखक के जीवन का त्रासद वृत्तान्त है। शायद आवरण हिन्दी की अकेली ऐसी कहानी है, जो किसी किताब के 'कवर डिज़ाइन' के माध्यम से नये मुक्त बाज़ार के दौरान जन्मे कलादीर्घाओं और चित्रों की नीलामी वाले ग्लोबल बाज़ार में छुपी लोभ–लालच की उन्मादी आक्रामकता की त्रासद मानवीय और वैयक्तिक परिणतियों पर पहली बार साफ़–साफ़ रोशनी डालती है।

अब **आवरण** के बाद इसी संग्रह में एक और कहानी है–**अनावरण**। मुझे उम्मीद है, यह कहानी पाठकों को अवश्य पसन्द आयेगी। एक वास्तविक घटना पर आधारित यह कहानी बहुत रोचक है। यह 'रोचकता', वास्तविक घटना का कथा में रूपान्तरण, उस युक्ति या जुगत से पैदा हुई है, जिसे वास्तविकता का 'अति–वास्तविकीकरण' कहा जा सकता है। लेकिन यह 'अति–वास्तविक' भी इसीलिए रोचक है, क्योंकि वह व्यंजना की बहुलार्थता की युक्ति से अपने सामाजिक–राजनीतिक संकेत अर्जित करती है। वस्तुतः यह कहानी अपनी सम्पूर्णता में एक 'कॉमिकल–कोड' अथवा 'व्यंजनात्मक–कूट' है,

जो वर्ण–विभाजित समाज में अंत्यज वर्गों–वर्णों को अपनी मुक्ति के लिए अतीत की ओर नहीं, आनेवाले भविष्य की चुनौतियों की ओर देखने के लिए आवाज़ देती है। लेकिन यह 'आवाज़' भी किसी भौतिक 'अलार्म' की तरह नहीं, किसी 'इलहाम' जैसी है। यही उसकी सीमितता है। यह कहानी हिन्दी के जाने–माने पत्रकार और लेखक **यशवन्त व्यास जी** के आग्रह पर ही लिखी गयी थी। उन दिनों उन्होंने **'अहा ज़िन्दगी'** पत्रिका निकालकर लोकप्रिय हिन्दी पत्रकारिता के क्षेत्र में एक अनोखा प्रयोग किया था, जो कामयाब सिद्ध हुआ। उनके सम्पादन में निकलने वाली **'अहा ज़िन्दगी'** ने **'धर्मयुग'**, **'सारिका'**, **'वामा'**, **'साप्ताहिक हिन्दुस्तान'**, **'माया'** आदि पत्रिकाओं के बन्द हो जाने से जो शून्य पैदा हुआ था, उसे एक साथ पूरा किया और सफलता के कीर्तिमान स्थापित किये। यह बताते हुए ख़ुशी होती है कि **'अनावरण'** कहानी पहली बार **'अहा ज़िन्दगी'** के प्रवेशांक में प्रकाशित हुई। यह कहानी अपने रचे जाने के लिए यशवन्त जी की आभारी है।

इसी तरह एक कहानी–**मठाधीश** भी इसी संग्रह में है, जो हिन्दी **'आउट लुक'** में तब प्रकाशित हुई, जब उसके सम्पादक हम सबके प्रिय **नीलाभ मिश्र** थे। उसके बाद अब पहली बार यह कहानी इस संग्रह के माध्यम से आप सब तक पहुँच रही है। यह स्व. नीलाभ मिश्र की स्मृति को समर्पित है।

एक और कहानी है, इस संग्रह में, जिसका ज़िक्र ज़रूरी लगता है–**आचार्य का कुत्ता**। यह कहानी वाणी प्रकाशन द्वारा प्रकाशित होने वाली **'वाक्'** पत्रिका के प्रवेशांक के लिए एक कथा–शृंखला–**आचार्यलोक में मुन्ना** की पहली कड़ी के रूप में लिखी गयी थी, जो उसमें प्रकाशित भी हुई, लेकिन फिर अन्य कारणों से इस शृंखला की अगली कड़ियाँ दूसरी पत्रिकाओं में प्रकाशित हुईं। इनमें से कुछ कड़ियाँ तो हिन्दी में आने के पहले ही अनूदित हो कर अन्य भाषाओं और अन्य देशों में प्रकाशित हो सकीं। अन्दाज़ा लगाया जा सकता है कि यह शृंखला कितनी लोकप्रिय सिद्ध हुई। अकादमिक तन्त्र के लगभग सर्व–भाषिक तथा सर्व–भौमिक विरोधाभासी सच्चाइयों या तथ्यों को व्यंजना की हँसमुख क़िस्सागोई की ख़ास बनावट में

लिखी गयी इस श्रृंखला की कहानियों में दिलचस्प रोचकता है। वाणी प्रकाशन के प्रिय मित्र **अरुण माहेश्वरी** से हुई चर्चा के अनुसार, अब **आचार्यलोक में मुन्ना** श्रृंखला अपनी कई नयी कड़ियों के साथ, एक अलग पुस्तक के रूप में जल्द प्रकाशित होगी। इस संग्रह में सम्मिलित उसकी कड़ी को अगली किताब का 'कर्टेन रेज़र' ही समझें। आपको कैसी लगी, यह सूचना मुझ तक पहुँच सकी, तो निश्चय ही उत्साह बढ़ेगा।

अब वह कहानी, जो संग्रह की शीर्षक कहानी है—**अन्तिम नीबू**। कोरोना काल के सबसे भयावह दौर, 2020 में यह कहानी **'इंडिया टुडे'** हिन्दी के आप सबके परिचित और मित्र **शिवकेश मिश्र** जी के आग्रह–आमन्त्रण पर लिखी गयी। इस कहानी में ऐसी तात्कालिकता है, जो इसकी अतिरंजित कथा–संरचना की बदौलत, सम्भवतः अपने समय की सरहद को लाँघ कर किसी भी अन्य देश और काल की भी कथा हो सकती है। यह कहानी भी लोकप्रिय रही और प्रकाशन के तुरन्त बाद मलयालम, मराठी और उर्दू में अनूदित हुई। **'इंडिया टुडे'** का जून 2020 का अंक बहुत से पाठकों को उपलब्ध न हो सका इसलिए इस संग्रह में वह कहानी संकलित है। इसे लिखाने के लिए शिवकेश जी का आभार। **अन्तिम नीबू** भी **दत्तात्रेय के दुःख** श्रृंखला की एक कड़ी है।

इतना सब कुछ पढ़ने के बाद आप ऊबते और ऊँघते हुए भी जान गये होंगे कि मैंने ज़्यादातर कहानियाँ किसी न किसी आग्रह, आदेश, आमन्त्रण पर ही लिखी हैं। यह सच है। इसकी मुख्य वजह यह है कि कहानी लिखना मुझे सबसे कठिन काम लगता है। बहुत श्रमसाध्य, बहुत संश्लिष्ट, बहुत चुनौती भरा और थका डालने वाला। भय, हताशा, अवसाद से भरा। जीवन और उसके अनुभव के बहुत निकट फिर भी उससे मुक्ति और कुछ दूरी बनाने के लिए छटपटाता हुआ। फिर ऐसी कहानी जिसमें कविता, चित्र, सिनेमा, नाटक, निबन्ध, डायरी, आत्मकथा, इतिहास, मिथक, स्मृति, स्वप्न और यथार्थ सब समाहित हो परस्पर इस तरह गुँथे हुए कि किसी को भी उस स्थापत्य या प्ररूप से अलगाया नहीं जा सके। एक पत्ता

हटाया और ताशमहल ढह गया। एक ईंट खिसकाई और भवन के गुम्बद, कंगूरे सब एक खँडहर के मलबे में बदल गये। सुन्दरता हमेशा समग्रता, अन्विति और सम्पूर्णता की शर्त रखती है।

कहानी के समस्त अवयव अविभाज्य होते हैं। फिर एक कहानी लिखने का जो पारिश्रमिक मिलता है वह किसी फ़िल्म की पटकथा से मिलने वाले पारिश्रमिक का पचासवाँ हिस्सा भी नहीं ठहरता। इसीलिए मुझे निजी तौर पर लगता है कि कहानी सबसे कठिन विधा है। कोई अच्छा कवि उपन्यास या कहानी लिख सकता है। इसके कई उदाहरण हैं। लेकिन कोई अच्छा कहानीकार अच्छी कविता भी लिख सके, यह अपवाद ही है।

इस संग्रह में कुछ ऐसी भी कहानियाँ हैं, जो किसी पत्र–पत्रिका के आग्रह पर न तो लिखी गयीं, न प्रकाशन के लिए कहीं भेजी गयीं। **अन्धा** एक ऐसी ही कहानी है, जो पहले फ़ेसबुक नोट्स पर लिखी गयी थी। उसे पाठकों–दोस्तों ने पसन्द किया और बाद में हिन्दी की प्रतिष्ठित साहित्यिक पत्रिका **पहल** में प्रकाशित हुई।

और अब अन्त में अपने परिवार और **अरुण माहेश्वरी** के वाणी प्रकाशन परिवार के प्रति मैं आभार व्यक्त करता हूँ। लगभग तीन दशक से मेरी समस्त रचनाओं के संरक्षण, प्रकाशन और प्रसार के लिए उन्होंने जो संवेदनशील ज़िम्मेदारियाँ दिखाई हैं, वह साधारण नहीं है। सन् 1980 में प्रकाशित मेरे पहले कविता संग्रह–**सुनो कारीगर** और 1982 में प्रकाशित पहले कहानी संग्रह–**दरियाई घोड़ा** से ले कर आज 2023, लगभग चार दशकों तक यदि मेरे दोस्तों, पाठकों, शोधकर्ताओं को ये सभी किताबें उपलब्ध होती रहीं और कोई भी किताब प्रिंट से बाहर नहीं हुई तो इसके पीछे वाणी प्रकाशन और आप सबकी उपस्थिति है।

कितना भी आभार प्रकट करूँ, वह बहुत थोड़ा होगा।

आशा है आप सब इस नये कथा संग्रह को, सदा की तरह, पसन्द करेंगे।

–उदय प्रकाश

अनुक्रम

एक पल के ओट में है कुल जहान
आत्मा है
अखिल की हठ सी।

— शमशेर बहादुर सिंह
(एक नीला आइना बेठोस)

अनावरण

वह मूर्ति बाबा साहब भीमराव अम्बेडकर की ही थी, जिसका अनावरण हमारे छोटे–से क़स्बे की सबसे आलीशान रेलवे रोड के मुख्य चौराहे पर होना था। पुणे के मूर्तिकार। अनन्तराव दत्ताराव पेंढे, जिनकी बनायी गणपति बप्पा की मूर्तियाँ मुम्बई तक में बिकती थीं और दुर्गापूजा के मौक़े पर महीना–दो महीना जो खप्पड़धारिणी, जगत्तारिणी, महिषासुरमर्दिनी, अष्टभुजा माँ शेरावाली की मूर्तियाँ कोलकाता में अपने मौसेरे ससुर के घर डेरा डालकर बनाया करते थे, और जिसे 'आज तक' और 'ज़ी' चैनल ने भी दिखाया था, उन्हीं दत्ताराव पेंढे ने काँसे की यह मूर्ति बनायी थी।

कमाल की मूर्ति थी। कहते हैं पूरे मध्य प्रदेश और छत्तीसगढ़ में बाबा साहब की ऐसी मूर्ति नहीं थी। उन्होंने कोट पहन रखा था, टाई लगा रखी थी, फुल पैंट और भारी–भरकम जूते थे। पैंट और कोट की सिलवटों में उनकी प्रतिभा की दृढ़ता और गरिमा थी। आँखों में गोल फ्रेम का चश्मा था, जिसके पार से उनकी आँखें कोई स्वप्न देख रही थीं। ...और अपनी एक भुजा उन्होंने उठा रखी थी। उठे हुए हाथ की मुट्ठी बन्द थी, बस एक उँगली तनी हुई पूरब दिशा की ओर इशारा कर रही थी। उधर, जिधर रेलवे फाटक था, अस्पताल था, साईं बाबा का मन्दिर था, बालिका महाविद्यालय था और इस सबके बाद मुर्गा–मीट बाज़ार, सरकारी दारू का ठेका, मुसलमान बस्ती और झुग्गी–झोपड़ी बस्ती अर्थात् अम्बेडकर नगर था।

उधर, जिधर मेकल की पहाड़ियों के पार से सूरज पिछले कई बरसों से बिना किसी ख़ास मक़सद के निकलता चला आ रहा था।

उस रोज़, आधी रात जब बसपा के लोकल नेता बुचई प्रसाद, अफ़वाहों के मुताबिक़ जिनकी पहुँच सीधे लखनऊ और दिल्ली तक थी, उस मूर्ति के नीचे से निकल रहे थे, तो उनके कानों में एक फुसफुसाती हुई रहस्यपूर्ण आवाज़ कहीं से, आकाशवाणी की तरह, उड़ती हुई आयी, *'पाछू मत देख... मत देख पाछू, अगाड़ी देख...! उधर जिधर उँगली तनी है बे! उधर देख! पाछू कुच्छ नहीं!'*

बुचई प्रसाद असली देशी महुए के ठर्रे के नशे में थे। आजकल किक लगाने के लिए ठेकेवाले पाउच में स्पिरिट और लैंटीना के पत्ते और अटर–शटर मिलाने लगे थे। खोपड़ी टन्ना जाती थी और कदम ऐसे उठते थे जैसे हवा में देर तक तैरकर धरती पर अपना ठिकाना खोजते उतरते हों। आँखें एक बल्ब को तीन–चार जगमग बल्बों की तरह देखने लगती थीं।

बुचई प्रसाद का दायाँ पैर, जो हवा में तैर रहा था, इस बार धरती के ठिकाने पर नहीं उतरा। बल्कि इसी बीच दूसरा पाँव भी अब तक के चले आ रहे सुर–ताल को बनाये रखने के लिए ऊपर उठ गया। बुचई प्रसाद, कोलतार की सड़क के बीचोबीच, बाबा साहब की बारह फुट ऊँची मूर्ति के क़दमों के नीचे, चारों खाने चित गिर पड़े। उनकी आँखों से जो पानी अँधेरे में छलक रहा था, वह चोट लगने के कारण और सिर के पीछे गूमड़ निकल आने के फलस्वरूप बहने वाला मर्मान्तक आँसू नहीं था, बल्कि वह गहन, आदर्शवादी भावुकता का सिहरता हुआ जल था। सीधे आत्मा के अदृश्य सोते से निकलकर आँख से बहने वाला नीर।

बुचई के दिमाग़ के भीतर कबीरदास का पद गूँज रहा था– *'ग्यान की जड़िया दई...! ग्यान की जड़िया दई...!! सत्त गुरुजी ने... ग्यान की जड़िया दई। मेरे को दई!!'*

उन्हें उस रात, रेलवे रोड के उस तिराहे पर, बाबा साहब की मूर्ति के नीचे, सड़क पर चारों खाने चित पड़े हुए, ज्ञान की दुर्लभ जड़ी प्राप्त हो गयी थी। *'अगाड़ी देख, अगाड़ी...! पाछू कुच्छ नहीं...! ...कुच्छ भी नहीं...!!'*

ठीक इसी समय उनके बगल से पेट्रोल पम्प वाला सेठ तरुण केड़िया और उसके पीछे–पीछे उसका सामान उठाये सुदामा निकला। सुदामा कुली का काम करता था। तरुण केड़िया उसी रहस्यपूर्ण फुसफुसाती आवाज़ में बोलता चला जा रहा था– *'अगाड़ी देख...! उधर, जिधर ट्यूबलाइट जल रही है, उसी के पास म्हारा अजन्ता लॉज बनेगा!! ...थ्री स्टार! समझा कि नहीं?'*

'बुचई परसाद ने लगता है आज ज़्यादा खैंच ली!' सुदामा सिर पर केड़िया का सामान लादे उसके पीछे–पीछे चल रहा था।

लेकिन बुचई जिस तुरीयावस्था में थे, उसमें उनके कान कुछ और सुनना बन्द कर चुके थे। उन्होंने उस आधी रात अकस्मात् ही मिली दुर्लभ ज्ञान की जड़ी को दोनों हाथों की मुट्ठियों में भींच कर अपने सीने से लगा लिया और वहीं सड़क के बीचोंबीच खर्राटे मारने लगे। अगर कोई ग़ौर से सुनता तो जान सकता था कि उनके खर्राटों में एक तरह की संयोजित लय थी। जैसे भप्पी लाहिड़ी या भूपेन हज़ारिका ने नाक और गले के नैसर्गिक स्वर यन्त्रों की संगत से कोई 'सेमी फोक–अर्धशास्त्रीय' म्यूज़िक कम्पोज किया हो। थोड़ा–सा 'इण्डी पॉप' का तड़का लगा कर। बुचई प्रसाद के खर्राटों की सांगीतिक लय में उस रात सारा क़स्बा डूब गया था–

'...सतगुरु जी... सतगुरु जी...! सत सत्त...गुर्रर्रर्रर्र... गुर्रर्रर्र...!! गुर्रर्ररूऊऊ जी... ऽऽऽऽऽगुर्रर्ररू ऊऊऊ ऽऽऽऽऽऽजी...ई...ईऽऽऽऽऽ'

दिसम्बर का महीना था। कड़ाके की ठण्ड थी। इधर अभी ठेकेदारों द्वारा पेड़ों की अन्धाधुन्ध कटाई के बावजूद जंगल बचे हुए थे, पास में ही बहने वाली छोटी–सी नदी अभी सूखी नहीं थी इसलिए 'इको–बैलेन्स' अभी ज़्यादा नहीं बिगड़ा था। ठण्ड उतनी ही पड़ती थी, जितनी पूस–माघ के महीने में पड़नी चाहिए।

तो, दिसम्बर की उस कड़कड़ाती रात में दत्ताराव पेंढे द्वारा निर्मित बाबा साहब भीमराव अम्बेडकर की जिस काँसे की बारह फुट सवा चार इंच की मूर्ति के नीचे, सड़क पर बुचई प्रसाद ज्ञान की जड़ी को सीने में दबोचे, खर्राटों का संगीत उत्पन्न कर रहे थे, उसी मूर्ति का अनावरण अगले सप्ताह, गुरुवार 25 दिसम्बर को, सुबह ग्यारह बजे

राज्य के वन, खनिज सम्पदा एवं मानव संसाधन मन्त्री श्री सिद्धेश्वर पाण्डे उर्फ़ सिद्धू भइया के हाथों सम्पन्न होना था।

यह सुयोग इसलिए आसानी से बन गया था क्योंकि मन्त्री जी जिस ट्रेन की वातानुकूलित प्रथम श्रेणी में यात्रा कर रहे थे, उससे उतरकर, इसी स्टेशन से उन्हें दूसरी ट्रेन में, उसी श्रेणी के डिब्बे पर सवार होना था। दोनों गाड़ियों के बीच डेढ़ घण्टे का अन्तराल था। यानी, अगर देखें तो इस प्रकार हमारे छोटे–से क़स्बे लाजिमपुरवा में बाबा साहब की मूर्ति का भव्य अनावरण समारोह मन्त्री जी की राजनीतिक धारावाहिक यात्रा के बीच में आने वाले एक 'कामर्शियल ब्रेक' की तरह था।

सारे क़स्बे में चहल–पहल थी। हर जगह उसी मूर्ति, मन्त्री और अनावरण की चर्चा थी। थाने में ज़िला मुख्यालय से अतिरिक्त फोर्स का बन्दोबस्त किया गया। नगरपालिका और लोक निर्माण विभाग सड़क के गड्ढों को ढाँपने–मूँदने में लगे हुए थे। गुजरात से यहाँ आ कर टिम्बर और क्रेशर का धन्धा करनेवाले रज्जू भाई शाह के बँगले में झण्डे–बैनर का काम चल रहा था। जिस पार्टी के मन्त्री जी थे, उसी पार्टी के वे जनपद अध्यक्ष थे। तरुण केड़िया के पेट्रोल पम्प में भी झण्डे–झालर–हाथ जोड़े मुस्कुराते मन्त्री जी के पोस्टर लग गये थे। भीड़ लाने के लिए बस, ट्रैक्टर और ट्रक के 'को–ऑर्डिनेशन' का काम भी वही कर रहा था। बल्कि तरुण केड़िया इस जुगाड़ में भी था कि अजन्ता होटल की साइट के पीछे खाली पड़ी नगरपालिका की ज़मीन को सस्ती लीज में लेकर वह एक बैंक्वेट हाल और एक एम्यूज़मेंट पार्क का शिलान्यास लगे हाथ मन्त्री जी से करा ले। कोल्ड स्टोरेज के मामले में रज्जू शाह पहले ही बाज़ी मार ले गये थे। नगरपालिका के अध्यक्ष अग्रवाल जी से बात हो गयी थी, बस ज़रा 'ऊपर' के इशारे की ज़रूरत भर थी। मन्त्री द्वारा शिलान्यास उस ऊपर के इशारे पर राजकीय प्रामाणिकता की मुहर ही होता।

अनावरण की तारीख़ करीब आ रही थी। पूरा क़स्बा स्पन्दित, आन्दोलित, धुकधुकायमान था। हर कोई अपनी–अपनी गोटियों के साथ अपने–अपने जुगाड़ में लगा हुआ था।

और आख़िर 24 दिसम्बर, बुधवार का दिन अवतरित हो गया। कल ठीक दस बजकर पचास मिनट पर गोंडवाना एक्सप्रेस पाँच मिनट के लिए स्टेशन पर रुकेगी और बाजे–गाजे, फूलमालाओं में घिरे हुए, आधा दर्जन ग़ैर–जमानती वारंटों में क़ानूनी रूप से फ़रार, डकैती, हत्या, दंगे, ठगी और आगजनी के बीसियों अपराधों में चार्जशीटेड, वन, खनिज सम्पदा एवं मानव संसाधन मन्त्री सिद्धू भइया प्लेटफार्म पर अपने चरण रखेंगे।

इसके ठीक दस मिनट बाद रेलवे रोड के चौराहे पर अनन्तराव दत्ताराव पेंढे द्वारा बनायी गयी बाबा साहब भीमराव अम्बेडकर की काँसे की बारह फुट सवा चार इंच ऊँची मूर्ति के ऊपर लपेटा गया कपड़ा हटाया जायेगा और तालियों की गड़गड़ाहट, पटाखों के विस्फोट और आकाश तक को गुँजाते नारों के बीच सिद्धू भइया उर्फ़ सिद्धेश्वर पाण्डे बाबा साहब के गले में माला डालेंगे। इसके बाद दोनों हाथों से सबको शान्त रहने का इशारा करते हुए डिलाइट इलेक्ट्रिकल्स के माइक पर अपना भाषण बोलेंगे– *'भाइयों और बहनों, बाबा साहब अम्बेडकर हमारे देश के निर्माताओं में से एक थे। हमारे देश का क़ानून उन्हीं का बनाया हुआ है। हमें उन्हीं के बताये रास्ते पर चलना है। दलित भाइयों से मेरी ख़ास गुज़ारिश है कि वे इस बात को समझें कि आज बाबा साहब का नाम एक चुम्बक के माफ़िक़ हो गया है। बड़ा तगड़ा चुम्बक। हर पार्टी इस चुम्बक को अपने पास रखकर दलित भाइयों का वोट अपनी पेटी में खींचना चाहती है। कोई अपनी जात का वासता देता है कोई अपनी पाँत का, लेकिन आप सब तो जानते ही हैं कि हमारी पार्टी ने और आपके इस सेवक सिद्धू भइया ने कभी जात–पाँत, ऊँच–नीच का भेदभाव नहीं किया है। सारी जनता बराबर है। मैं तो उन सारे नेताओं से पूछना चाहता हूँ, और वे अपनी–अपनी छाती पर हाथ रखकर बतायें कि क्या बाबा साहब अम्बेडकर के आदर्शों पर चलने की ईमानदारी उनमें से किसी में है? है किसी में? रही हमारी बात...तो इस पूरे इलाक़े में, इस पूरे ज़िले में भाई बुचई प्रसाद से ज़्यादा बलिदानी, त्यागी, जुझारू समाजसेवक कोई हुआ है क्या? उन्हीं के कहने से राज्य सरकार ने आज से आपके नगर की*

इस सबसे सुन्दर सड़क का नाम 'अम्बेडकर मार्ग' कर दिया है और आपके नगर लाजिमपुरवा के युवा समाजकर्मी भाई तरुण केड़िया ने, सभी बच्चों और परिवारजनों के मनोरंजन के लिए 'अम्बेडकर पार्क' बनाने की पेशकश की है। मुम्बई के एस्सेल वर्ड और दिल्ली के अप्पू घर का मुक़ाबला करने वाला यह पार्क बाबा साहब अम्बेडकर जी को ही समर्पित होगा। ...आइए...!!! मैं अनुरोध करता हूँ कि हमारे ज़िले के गौरव बुचई प्रसाद आगे आयें और माइक पर आपसे दो शब्द कहें।

बुचई प्रसाद की आँखें कहीं दूर खो गयी थीं, तालियों का शोर थिरा गया था और कानों में गूँज रहा था– *'अगाड़ी देख...अगाड़ी! पाछू कुच्छ नहीं...! कुच्छ भी नहीं!!!'*

वे अकेले तिराहे पर चुपचाप खड़े थे। उनकी उँगलियाँ जेब के भीतर रुपये टटोल रही थीं। कलारी के लिए कहीं कम तो नहीं पड़ेंगे?

लेकिन आज तो बुधवार था। मूर्ति का अनावरण तो अगले दिन यानी 25 दिसम्बर, बृहस्पतिवार को होना था।

गुलाबचन्द क्लॉथ हाउस, जहाँ 'पीटर इंग्लैंड' और 'कलर प्लस' की शर्ट और 'लेवाइस' जैसे ब्रांडों का डेनिम भी मिलता था, यहीं से 380 रुपया प्रति मीटर के रेट से क़ीमती पीले–बासन्ती रंग का उम्दा देशी रेशम का कपड़ा लिया गया, लाल रंग का रिबन और रज्जू शाह, तरुण केड़िया, अग्रवाल जी, एस.पी. साहेब, स्थानीय कॉलेज के प्राचार्य सोनी जी, एस.एच.ओ., नगरपालिका अध्यक्ष एस.एन. सिंह आदि की गणमान्य उपस्थिति में पार्टी के युवा कार्यकर्ताओं ने कपड़े को मूर्ति पर इस तरह लपेटा कि रिबन की एक गाँठ खींचते या काटते ही सारा आवरण नीचे सरक जाये और बाबा साहब की मूर्ति धड़ाक से बाहर निकल आये। हालाँकि, रेशम के कपड़े के रंग को ले कर बहुत गहरा विचार–विमर्श दो दिनों तक चला। नीले रंग के पक्ष में ज़्यादातर गणमान्य थे, लेकिन नीले की हार के पीछे तीन मुख्य कारण थे। पहला तो यही कि इस रंग से एक दूसरी पार्टी से सम्बन्ध का सन्देह पैदा होता था। दूसरा यह कि बासन्ती रंग इन दिनों क़स्बे में फ़ैशन में था, क्योंकि एक ही महीने में शहीदे आजम भगत सिंह के जीवन के बारे में तीन–तीन मुम्बइया फ़िल्में क़स्बे के दोनों टाकीजों

में दिखाई गयी थीं। बड़ा कम्पटीशन हुआ था। *'मेरा रंग दे बसन्ती चोला...'*। ...और तीसरा सबसे महत्त्वपूर्ण कारण यह कि गुलाब क्लॉथ हाउस में रेशमी कपड़े में कोई और दूसरा रंग था ही नहीं।

सारी तैयारी होते–होते रात के एक बज गये। कलारी से लौटते हुए बुचई प्रसाद की नज़र जब बाबा साहब की मूर्ति की ओर उठी तो चन्द्रमा की सुनहली किरणें बासन्ती–पीले रेशम पर छुपम–छुपाई और फिसलगड्डी का कौतुक भरा खेल खेल रही थीं। दिसम्बर की कड़कड़ाती ठण्ड थी। आकाश बिल्कुल साफ़ गहरा नीला था, जिसमें तारे ठिठुरते हुए काँप रहे थे। 'आज, लगता है पाला गिरेगा।' बुचई प्रसाद ने सोचा। उन्होंने अपने कान गुलूबन्द से ढाँप रखे थे। वैसे महुए का अद्धा तो उन्होंने आज भी सूँट रखा था और जेब से धेला भी नहीं ख़र्च हुआ था क्योंकि कल अनावरण की तैयारी में जिन लोकल नेताओं को आज ठेकेदार की तरफ़ से छूट मिली हुई थी, उनमें वे भी शामिल थे। भाँग दिमाग़ पर, गाँजा आँख पर और दारू टाँगों पर सवारी गाँठती है। लेकिन आज अगर बुचई प्रसाद के पैर लड़खड़ा नहीं रहे थे, तो इसकी वजह यह हो सकती थी कि महुए के ठर्रे में धतूर, स्पिरिट या लैंटीना के पत्तों की मिलावट नहीं थी।

बुचई ने एक बार चलने के पहले फिर मूर्ति को आँख भर देखा। एक कोई देवदूत, पीताम्बर ओढ़े अनन्त की ओर इशारा कर रहा था। बुचई प्रसाद की आँखें उसी दिशा की तरफ़ घूम गयीं...जिधर केड़िया का थ्री स्टार अजन्ता होटल और अम्बेडकर पार्क बनना था। अनन्त की ओर...लेकिन अनन्त से बहुत पहले।

और ठीक इसी समय वह संगीन आपराधिक घटना घटित हुई।

जब बुचई प्रसाद अनन्त की ओर देख रहे थे और बाबा साहब की मूर्ति पर से उनकी नज़रें हटी थीं, उस समय ग्यारह बजकर अट्ठावन मिनट चालीस सेकेंड हुए थे। क्योंकि बुचई प्रसाद पिछली रात घटी ज्ञान की जड़ी वाली घटना के असर से अभी तक मुक्त नहीं हुए थे और उनके कानों में अभी भी कभी–कभी वह फुसफुसाहट गूँजने लगती थी– *'अगाड़ी देख! अगाड़ी...! पाछू कुच्छ् नहीं...!!'* और क्योंकि उन्होंने आज भी अद्धा खींच रखा था और फिर आधी रात बासन्ती

रेशम के कपड़े पर चन्द्रमा की सुनहली किरणों की फिसलगड्डी का खेल वे कुछ पल पहले ही देख चुके थे, इसलिए वे अनन्त की ओर लगभग दो मिनट तक देखते ही रह गये।

और ये दो मिनट बहुत गम्भीर, महत्त्वपूर्ण और हैरतअंगेज़ सिद्ध हुए।

इन दो मिनटों में कुछ घटनाएँ एक साथ घटीं। सबसे पहले तो यही कि हिन्दुस्तान की सारी घड़ियों और कैलेंडरों में एक साथ तारीख़ बदल गयीं 24 की जगह 25 दिसम्बर और बुधवार की जगह गुरुवार आ गया।

और ठीक इन्हीं दो मिनटों के भीतर रेलवे स्टेशन की ओर से एक रहस्यभरी परछाईं बाबा साहब की मूर्ति की ओर बढ़ी और उसने पता नहीं क्या किया कि अगले ही पल गुलाब क्लॉथ सेंटर से 380 रुपये प्रतिमीटर ख़रीदा गया क़ीमती रेशम का बासन्ती कपड़ा बाबा साहब की मूर्ति से उड़कर उसके पास आ गया और जब बुचई प्रसाद की दृष्टि अनन्त से लौटकर वापस आयी तो उन्होंने रेलवे रोड पर, पुलिस थाने की दिशा की ओर, दूर, उस पीताम्बर को अँधेरे में भागते हुए देखा।

क्या बाबा साहब प्रस्थान कर गये? बुचई प्रसाद ने अपनी आँखें मलीं। अनन्तराव दत्ताराव पेंढे द्वारा निर्मित काँसे की बारह फुट सवा चार इंच ऊँची वह विलक्षण मूर्ति अपनी जगह पर खड़ी थी। हालाँकि बाबा साहब की भुजा अब भी आगे की ओर उँगलियों से इशारा कर रही थी, लेकिन अनहोनी तो उनके पीछे घटित हुई थी। अब 'अगाड़ी' नहीं 'पिछाड़ी' देखने का वक़्त था, उधर जिधर पीताम्बर भागता–उड़ता चला जा रहा था।

बुचई प्रसाद ने ज़ोरों से गुहार लगायी। *'पकड़ो... पकड़ो...! चोर... चोर...!!'* और वे उसी ओर दौड़े। थाने में कांस्टेबल हरिहर पटेल ने उनकी गुहार सुनी और पीताम्बर को सड़क पर जाते हुए देखा तो उसने लम्बी सीटी बजायी और वह भी दौड़ पड़ा। इंस्पेक्टर मिथलेश कुमार सिंह अपने क्वार्टर में सोये हुए थे, उन्होंने ड्यूटी रिवॉल्वर कमर पर बाँधा, ड्राइवर भोले को जगाया और जिप्सी में सवार उसी दिशा की ओर रवाना हो गये।

क़स्बे में जाग पड़ गयी। रज्जू भाई शाह को किसी ने एक बजे रात फ़ोन पर बताया कि अनावरण का कपड़ा चोरी चला गया है, तो वे भी कोठी के बाहर निकल आये। तरुण केड़िया, महाविद्यालय के प्रिंसिपल, पी.डब्ल्यू.डी. विभाग के मुख्य अभियन्ता, नगरपालिका अध्यक्ष समेत सभी गणमान्य जाग गये और देश में हुई सूचना टैक्नोलॉजी में क्रान्ति की बदौलत सब एक–दूसरे के सम्पर्क में आ गये।

लाजिमपुरवा नामक उस छोटे–से क़स्बे में आधी रात में घटित हुई यह एक बड़ी घटना थी। सुबह ग्यारह बजे वन, खनिज सम्पदा एवं मानव संसाधन मन्त्री श्री सिद्धेश्वर पाण्डे उर्फ़ सिद्धू भइया के कर–कमलों से बाबा साहब भीमराव अम्बेडकर की मूर्ति का अनावरण अब कैसे होगा, जब आवरण ही चला गया?

क़स्बे से बाहर गाँव की ओर जानेवाली सड़क पर जीप, कारें, मोटरसाइकिल, स्कूटर दौड़ने लगे। लाजिमपुरवा में मौजूद प्रशासन और राजनीति का सारा 'सिस्टम' उस चोर के पीछे लग गया। पुलिस की जिप्सी से जो सर्चलाइट फेंकी जा रही थी, उससे पता चला कि पीताम्बर चोर ने सड़क छोड़ कर खेत और जंगल की पगडण्डी का रास्ता पकड़ लिया है। उधर गाड़ियाँ नहीं जा सकती थीं। न दुपहिया न चौपहिया।

इधर रज्जू भाई शाह ने गुलाब क्लॉथ हाउस के मालिक छजलानी को फ़ोन किया तो उसने कहा कि दुकान में अब अनावरण के लायक कोई दूसरा कपड़ा नहीं है। वही छह मीटर का एक थान बचा था। अलबत्ता सफ़ेद रंग का रेशम ज़रूर है, कहें तो भेज दूँ। रज्जू भाई ने तरुण केड़िया और अन्य गणमान्यों से इसके बारे में पूछा तो वे सभी अचानक चुप हो गये और धीरे–धीरे सभी के चेहरे पर पीला–सा रंग छाने लगा, जो तेज़ी से कत्थई में बदलता जा रहा था। रज्जू भाई इस अचानक की चुप्पी से असमंजस में थे, लेकिन तुरन्त ही इसका रहस्य उन्हें पता चल गया, जब उनके कानों में भी *'राम नाम सत्य है'* की अनुगूँज पैदा होने लगी।

'नहीं, बिल्कुल नहीं। सफ़ेद कपड़ा हम आवरण के लिए नहीं लेंगे।' उन्होंने गुलाब क्लॉथ हाउस वाले छजलानी को डाँटते हुए कहा।

सुबह के पाँच बजने लगे। तड़के का उजास क्षितिज पर झलकने लगा। पाला ज़बरदस्त गिरा था। सफ़ेदी की पर्त हर चीज़ पर छा गयी थी। किसी ने बताया कि उसने आवरण चोर को नदी पार करते हुए देखा है। नदी के उस पार दूसरा ज़िला शुरू हो जाता है। ठण्ड इतनी थी कि चोर को पकड़ने का अभियान भी ठण्डा पड़ने लग गया। सिर्फ़ अकेले बुचई प्रसाद थे, जो गुलूबन्द से कान बाँध कर, कम्बल ओढ़ कर, बीड़ी का सुट्टा मारते हुए, बिना ठण्ड की परवाह किये, खेतों की मेड़ और जंगल के बीच से चले जा रहे थे। बाबा साहब पर उनकी श्रद्धा अगाध थी। बुचई जब नदी किनारे पहुँचे तो उधर से दीनानाथ, रामसुमर, बुद्धन और गियासू चले आ रहे थे। बुचई को देखकर उन्होंने जोहार किया और ठहाका मारकर हँसने लगे।

बुचई ने पूछा कि हँस क्यों रहे हो तुम लोग, तो बुद्धन ने बताया कि रेशम का कपड़ा चुरानेवाला कोई और नहीं, दुबेरा है। जाड़े में मर रहा था, अब मज़े में ओढ़ कर सोयेगा। बरगदिहा के पार जो ईंटों का भट्ठा है, उसी के भीतर दुबेरा बीस हाथ की चद्दर ओढ़े सो रहा है।

दुबेरा के बारे में हमारे क़स्बे लाजिमपुरवा का हर बाशिन्दा जानता है। दुबेरा स्टेशन के प्लेटफार्म पर ही अक्सर सोता है। कभी भीख माँगते नहीं देखा गया। गाड़ियों के आने–जाने के समय उसकी चुस्ती–फुर्ती देखने लायक रहती है। लगता है जैसे उस पर कोई बहुत बड़ी ज़िम्मेदारी ईश्वर या समाज ने सौंप रखी है, जिसे उसे निभाना है। लाल–हरे चीथड़े लहराते हुए ट्रेन को सिग्नल देना, अपनी बोगी खोजने वाले मुसाफ़िर को उसके डिब्बे तक पहुँचाना, कुली न मिलने पर किसी का सामान ख़ुद ही उठाकर बाहर तक ले आना आदि के अलावा कभी–कभार वह क़स्बे के मुख्य चौराहे पर, ट्रैफ़िक कंट्रोल का काम भी करते देखा जाता है।

लेकिन 24–25 दिसम्बर की रात, शून्यकाल में घटी घटना एक राजनीतिक घटना भी थी। सुबह हमारे क़स्बे से निकलने वाले तीनों अख़बार, **'समाज प्रहरी'**, **'निडर दैनिक टाइम्स'** और **'प्रचण्ड गर्जन'**

में इस घटना के बारे में समाचार थे। एक के मुताबिक़ दुबेरा इस इलाक़े का नहीं था बल्कि उड़ीसा के कालाहाँडी से भागकर आया था। दूसरा अख़बार उसे आन्ध्र प्रदेश के अनन्तपुर ज़िले से आया बता रहा था, क्योंकि जिस भाषा में दुबेरा बोलता था, उसे क़स्बे का कोई आदमी नहीं समझता था। तीसरे अख़बार के अनुसार दुबेरा छत्तीसगढ़ के सरगुजा ज़िले का था। ये सभी वे जगहें थीं, जहाँ भूख और अकाल से लोग या तो मर रहे थे या बड़ी तादाद में आत्महत्याएँ कर रहे थे। एक अख़बार ने विश्व हिन्दू परिषद् के लोकल नेता का हवाला दिया था, जिसके अनुसार दुबेरा का असली नाम ज़ुबेर अहमद था और वह सन्दिग्ध व्यक्ति था। उसके स्टेशन पर रहने से लगातार यात्रियों पर ख़तरा बना रहता था, जिसके बारे में पुलिस और स्थानीय प्रशासन से शिकायत की जा चुकी थी। दुबेरा को पोटा में गिरफ़्तार करने की ज़ोरदार अपील लोकल विहिप ने की थी। दूसरे अख़बार के मुताबिक़ दुबेरा पहले बेलाडीला के लोहे की खदान में लाल झण्डा पार्टी का काम करता था और वह 'कामरेड दुबेरा सिंह' के नाम से मशहूर था। बाद में निजी कारण के चलते वह खदान एक अमेरिकी कम्पनी को बेच दी गयी, तब से दुबेरा बेरोज़गार हो गया। ग़रीबी और फालतू हो जाने के कारण लाल झण्डा पार्टी ने उसे निकाल दिया। 'प्रचण्ड गर्जन' में राष्ट्रीय संघ के लोकल नेता का सनसनीखेज़ बयान था। उनके मुताबिक़ दुबेरा दरअसल ईसाई मिशनरी का डबल एजेंट था और सूरीनाम से यहाँ आया था। उसका असली नाम ड्यूबर्ग जार्ज था। 25 दिसम्बर, यानी क्रिसमस के दिन, जिस दिन ईसा मसीह का जन्म हुआ था, ठीक उसी तारीख़ को चोरी के लिए चुनने के पीछे एक बड़ी साज़िश है, जिसके सूत्र धर्मान्तरण के मुद्दे से जुड़े हुए हैं। लेकिन 'समाज प्रहरी' के रिपोर्टर का दावा था कि दुबेरा की मिचमिची आँखों और त्वचा के पीलियाये रंग से पता चलता है कि या तो उसका सम्बन्ध नेपाल से है और प्लेटफार्म पर वह असलहों की तस्करी का काम करता था, या फिर वह नागालैंड या मणिपुर का है और किसी ड्रग ट्रैफ़िकिंग में शामिल है। बहरहाल, दुबेरा के बारे में जितने मुँह थे, जितने अख़बार थे, उतने ही क़िस्से थे। हाँ, क़स्बे के

सारे गणमान्य इस एक बात पर, ज़रूर एकमत थे कि दुबेरा का वहाँ होना ठीक नहीं है। जैसे भी हो इसे शहर से निकाल बाहर करना चाहिए या फिर डी.आई.जी. साहब से कहकर इसका 'एनकाउंटर' करवा दिया जाना चाहिए।

पाठको, जब यह कहानी आप पढ़ रहे होंगे, उस समय लाजिमपुरवा से छह किलोमीटर दूर बहने वाली नदी छिपिया के उस पार, जहाँ से ज़िला बारदोई शुरू हो जाता है, वहाँ पंजाब से यहाँ आकर ईंट का भट्ठा चलानेवाले सरदार गुलशेर सिंह के भट्ठे के भीतर, 25 दिसम्बर की कड़कड़ाती ठण्ड में, दुबेरा छह मीटर बासन्ती कपड़ा ओढ़े लेटा हुआ है और उसके पास बैठे हैं महुए के ठर्रे में धुत् बुचई प्रसाद। दोनों बीड़ी के सुट्टे खींच रहे हैं।

जहाँ तक मशहूर मूर्तिकार अनन्तराव दत्ताराव पेंढे द्वारा बनायी गयी बाबा साहब भीमराव अम्बेडकर की बारह फुट सवा चार इंच ऊँची काँसे की विलक्षण मूर्ति के वन, खनिज सम्पदा एवं मानव संसाधन मन्त्री श्री सिद्धेश्वर पाण्डे उर्फ़ सिद्धू भइया के कर–कमलों द्वारा अनावरण की सूचना है, तो निवेदन है कि उस रोज़ 25 दिसम्बर को ग्यारह बजे सुबह वह अनावरण नहीं हो सका। इसके पीछे एक कारण तो यह था कि उस रोज़ गोंडवाना एक्सप्रेस आठ स्टेशन पहले ही रोक दी गयी क्योंकि आगे किसी गिरोह ने रेलवे की पटरी से फिश प्लेटें निकाल दी थीं। सन्देह आधा दर्जन से ज़्यादा आतंकवादी गिरोहों में से किसी एक पर जाता था। दूसरा कारण यह था कि सिद्धेश्वर भइया को, देशभर में 'एल्युमीनियम एंड पेट्रोल किंग' के रूप में मशहूर एन.आर.आई. उद्यमी भामोजी रामोजी शाह का स्पेशल चार्टर्ड फोर सीटर हवाई जहाज़ मिल गया, जिससे वे सीधे राजधानी चले गये, जहाँ उन्हें इस राज्य की एल्युमीनियम की एक सबसे बड़ी खदान के निजीकरण के मसौदे पर दस्तख़त करने थे।

लेकिन लाजिमपुरवा में मूर्ति का अनावरण समारोह न हो पाने का तीसरा सबसे बड़ा कारण यह था कि दरअसल अनावरण तो दुबेरा आधी रात शून्यकाल में पहले ही कर चुका था। इसे हर अख़बार और हर गणमान्य जानता था, फिर भी सबसे छुपा रहा था।

आइए, अन्त में ज़िला बारदोई के उस ईंट के भट्ठे की ओर लौटें जहाँ बुचई प्रसाद और दुबेरा बीड़ी के सुट्टे खींच रहे हैं। बुचई के कानों में वही रहस्यपूर्ण फुसफुसाहट की आवाज़ आ रही है–

'अगाड़ी देख... अगाड़ी बे! पाछू कुच्छ नहीं!...कुच्छौ नहीं!!!'

ताज्जुब है कि इस बार दुबेरा को भी कुछ ऐसा ही सुनाई पड़ा।

–'अहा ज़िंदगी', अक्टूबर 2004 में प्रकाशित

जज साहब

नौ साल हो गये, उत्तरी दिल्ली के रोहिणी इलाक़े में तेरह साल तक रहने के बाद, अपना घर छोड़कर, वैशाली की इस जज कॉलोनी में आये हुए। यह वैशाली का 'पॉश' इलाक़ा माना जाता है। उत्तर प्रदेश की सरकार ने न्यायाधीशों के लिए यहाँ प्लॉट आवंटित किये थे। ऐसे ही एक प्लॉट पर बने एक घर में मैं रहता हूँ।

जिस सड़क पर यह अपार्टमेंट बना है, उसका नाम है–'न्याय मार्ग'। हालाँकि इस सड़क में जगह–जगह गड्ढे हैं, हर तीन क़दम पर यह सड़क उखड़ी–पुखड़ी है और कई जगह से 'वन वे' हो गयी है, क्योंकि बिल्डर्स ने सड़क के ऊपर ही रेत, ईंटें, रोड़ी–गिट्टी, सरिया–पाइप के ढेर लगा रखे हैं। नतीजा यह कि हर रोज़ यहाँ 'वन वे' की वजह से एक्सीडेंट होते रहते हैं और कोई कार्रवाई इसलिए नहीं होती कि बिल्डर्स और ठेकेदारों के पास बहुत रुपया और ऊपर तक पहुँच है।

इसी कॉलोनी में रहने वाले एक रिटायर्ड न्यायाधीश का पोता इसी 'वन वे' पर एक डम्पर के नीचे आ गया था और तीन महीने तक अस्पताल में रहने के बाद उसकी मौत हो गयी थी।

लेकिन वे बिल्डिंगें अभी भी बन रही हैं। डम्पर और ट्रक अभी भी चल रहे हैं। वैशाली का 'न्याय मार्ग' अभी भी गड्ढों–हादसों से भरा हुआ 'वन वे' है।

वी.आई.पी. जज कॉलोनी बहुत तेज़ी से 'डेवलप' होती कॉलोनी है। नौ साल पहले जब मैं यहाँ आया था तो दो किलोमीटर की दूरी तक सिर्फ़ दो शॉपिंग मॉल थे। अब इक्कीस बड़े–बड़े बहुमंज़िला मॉल, दो इंटरनेशनल फाइव स्टार होटल और शेवरले से लेकर ह्युंडेई और

सुज़ुकी कार कम्पनियों के जगमगाते शोरूम हैं, हल्दीराम, मैकडोनाल्ड्स, डोमिनोज़ पिज्जा, कैंटुकी फ्राइड चिकन, बीकानेर वाला जैसी सैकड़ों खाने–पीने की जगहें हैं। रेस्टोरेंट और बार तो हर क़दम पर हैं।

अपने साठ साल के जीवन में मैंने इतना पीने–खाने वाला समय पहले कभी नहीं देखा।

नौ साल पहले जब मैं यहाँ आया था, तब यहाँ जंगल और खेत हुआ करते थे। सरसों और गेहूँ–बासमती के खेत। कभी यह सरसों के पीले फूलों के रंग और बासमती धान की ख़ुशबू से भरा इलाका था। मोहल्लों में रहने वाले रुई धुनकने वाले धुनकिये, गोबर के उपले पाथती औरतें, लोहे की कड़ाहियाँ, चिमटे, खुरपी बनाने वाले लोहार और उनकी कोयले की आग से सुलगती धौंकनियाँ, सबेरे–सबेरे सुअर का शिकार करने वाले लोगों के जत्थे, खुले में दिशा–फ़राकत करती हुई ग़रीब औरतें चारों ओर थीं। सुबह मैं जल्दी अपनी बालकनी में इसलिए नहीं निकलता था क्योंकि सामने के खाली पड़े मैदान में औरतें और पुरुष, सुअरों के साथ उसी मैदान में नित्यक्रिया करते आँखों के सामने आते थे। पास में ही, नहर के किनारे–किनारे उगी झाड़ियों से लगी सुनसान जगहें यहाँ 'एनकाउंटर ग्राउंड' हुआ करती थीं, जहाँ 'अपराधियों' को पकड़कर रात में पुलिस गोली मारती थी और अगली सुबह अख़बार में डाकुओं या आतंकवादियों के साथ हुई पुलिस की साहसिक मुठभेड़ की ख़बरें छपा करती थीं।

लेकिन अब तो इन बीते नौ वर्षों में सब कुछ बदल गया है। जैसे किसी लम्बी फ़िल्म का कोई बिल्कुल दूसरा शॉट पर्दे पर अचानक आ गया हो।

इस कॉलोनी में बहुत से न्यायाधीश रहते हैं। कुछ रिटायर्ड और कुछ अभी भी अलग–अलग अदालतों में न्याय देने की अपनी–अपनी नौकरियाँ करते हुए।

बगल में ही एक पार्क है। सुन्दर–सा। सुबह–सुबह जब कभी वहाँ घूमने जाता हूँ, तो हर सुबह कई जजों से मुलाक़ात होती है। इनमें से जो बूढ़े हो चुके हैं, वे अधिक देर और दूर तक चल नहीं पाते या फिर धीरे–धीरे छड़ी के सहारे चलते हैं। एक–दो के साथ उनका कोई

सहायक भी होता है, उन्हें गिरने से बचाने के लिए या अचानक दिल का दौरा पड़ने या साँस रुक जाने पर तुरन्त उन्हें अस्पताल पहुँचाने के लिए। ये जज अब अपनी कोठियों में अकेले रहते हैं। कुछ अपनी पत्नियों के साथ और कुछ बिल्कुल अकेले। उनके बच्चे बड़े होकर दूसरे शहरों या देशों में चले गये हैं, जो साल–दो साल में कभी–कभार कुछ दिनों की छुट्टियों में यहाँ आगरा, शिमला, नैनीताल, दार्जिलिंग वग़ैरह घूमने आते हैं। एक अकेले रह गये बूढ़े जज का कहना है कि पता नहीं उनकी अमेरिकी बहू और उनके बेटे को इंडियन चिड़ियों का इतना क्रेज़ क्यों है कि जब भी दो–चार साल में वे आते हैं तो दो–चार दिन उनके साथ रहकर भरतपुर और राजस्थान की बर्ड्स सैंक्चुरी देखने निकल जाते हैं। वे धीरे से कहते हैं, 'पता नहीं क्या ऐसा है इन चिड़ियों में कि मैं अपनी ज़िन्दगी, नौकरी, न्याय और अदालत से ऊब गया, लेकिन वे लोग चिड़ियों से नहीं ऊबे।' इसके बाद एक लम्बी उदास साँस भर कर वे कहते हैं, 'मुझे अच्छी तरह से पता है कि मेरा बेटा और उसकी फ़ैमिली मुझे नहीं, इंडिया में चिड़ियाँ और पुरानी इमारतें देखने आती है।'

इन बूढ़े जजों का इस तरह चलना देखकर लगता है जैसे उनका पूरा शरीर अतीत की असंख्य स्मृतियों के वजन से लदा हुआ है और यह उनका बुढ़ापा नहीं, स्मृतियों का भार ही है, जिसे वे सँभाल नहीं पा रहे हैं और किसी कदर ढो रहे हैं। मैंने देखा है, अक्सर वे बहुत जल्दी थककर पार्क में बनी किसी बेंच पर बैठ जाते हैं। वहाँ भी उनका माथा किसी बोझ से नीचे की ओर गिरता हुआ दिखता है।

बहुत भार होगा ज़रूर गहरी लकीरों से भरे उनके बहुत पुराने माथे के ऊपर। उनके भीतर की 'हार्डडिस्क' भर चुकी होगी।

क्या वे अपने पिछले दिनों में किये गये किसी फ़ैसले के बारे में इस समय दुबारा सोच रहे होते हैं? पछतावे से भरे हुए।

कई बार उनकी मिचमिचाती बूढ़ी हो चुकी आँखों से आँसू की कुछ बूँदें लकीर बनाती हुई उनका चेहरा भिगा देती हैं। वे जेब में रखा हुआ कोई बहुत पुराना, मटमैला हो चुका रूमाल निकालकर झुर्रियों से भरा अपना चेहरा और चश्मा धीरे–धीरे पोंछते हैं।

लेकिन जो न्यायाधीश अभी भी उतने जर्जर और बूढ़े नहीं हुए हैं, वे पार्क में अपने जॉगिंग सूट और स्पोर्ट्स शू के साथ तेज़ क़दमों से टहलते हैं। वे किसी–न–किसी जल्दबाजी में हैं। उन्हें शायद कोई फ़ैसला सुनाना है। कोई–न–कोई मामला उनकी अदालत में विचाराधीन है और उसकी गुत्थियाँ वे अपने टहलने की बेचैन रफ़्तार में सुलझा रहे होते हैं।

इन सभी जजों के पास बहुत से क़िस्से हैं। सैकड़ों–हज़ारों। अनन्त। सच और झूठ के उलझे हुए ऐसे मामले, जिनके बारे में अपने दिये गये फ़ैसलों को लेकर उन्हें अभी भी असमंजस है। अगर मैं आपको उन सारे क़िस्सों को अलग–अलग सुनाना शुरू करूँ तो कोई ऐसा उपन्यास बन जायेगा, जिसे पढ़ने के बाद आपका विश्वास सच, झूठ, न्याय, अन्याय सबसे उठ जायेगा।

मेरा तो उठ चुका है इसीलिए दरगाहों, जंगलों, बच्चों और मन्दिरों में ज़्यादा समय बिताता हूँ। न्यायाधीश मुझे असहाय और न्यायालय एक ख़ास तरह का रोज़गार और वेतन देने वाले बहुत पुराने मॉल या स्मारक जैसे लगते हैं।

ओह! लेकिन मैं क़िस्सा तो जज सा'ब का सुनाने जा रहा था, जिनका हमारी जज कॉलोनी में तो अपार्टमेंट ही नहीं था। वे कहीं दूसरी जगह, किसी दूसरे सेक्टर में रहते थे, लेकिन नौ साल पहले जब मैं यहाँ आया था, तब से उनसे मुलाक़ात होती रहती थी। उनका असली, औपचारिक नाम जो भी रहा हो, सब लोग उन्हें 'जज सा'ब' ही कहते हैं।

उनसे मेरी मुलाक़ात हमेशा सुनील यादव की पान की दुकान पर होती थी। पान और खैनी, ये दो ऐसी चीज़ें थी जिनकी लत हमें एक–दूसरे से जोड़ती थी।

इसके अलावा एक एडिक्शन या लत और थी। (उसके बारे में मैं कहानी के बिल्कुल अन्त में बताऊँगा। ...और यह कहानी, जिसका 'डिस्क्लेमर' मैं यहीं रख देना ज़रूरी समझता हूँ कि इसका सम्बन्ध किसी वास्तविक व्यक्ति, स्थान या समय से नहीं है। अगर ऐसा पाया

जाता है, तो वह फक़त संयोग है और इस पर कोई मुक़दमा उन्हीं 'जज सा'ब' की अदालत में चलेगा, जहाँ वे उस समय नियुक्त होंगे।)

तो, अब असली क़िस्से पर आयें। यह बहुत छोटा–सा और कुछ–कुछ सेंसेशनल जैसा है।

हर सुबह ठीक नौ बजे, जज सा'ब सुनील की पान की दुकान पर मिलते थे। हमेशा ताज़गी से भरे और मुस्कुराते हुए। पचास के कुछ पार रही होगी उनकी उम्र, लेकिन चश्मा नहीं लगाते थे।

'नमस्कार! कैसे हैं सर जी?' यह उनका पहला वाक्य होता था। *'मैं ठीक हूँ, जज सा'ब। आप कैसे हैं?'* यह हमेशा मेरा पहला जवाब होता था। *'मैं वैसा ही हूँ, राइटर जी, जैसा कल था।'* यह भी उनका हर बार का उत्तर था।

'हम सब भी वैसे ही हैं, जैसे कल थे!' मेरे यह कहने पर जज सा'ब ही नहीं, सुनील की दुकान पर खड़े सारे लोग हँसने लगते थे। यह भी हर बार का उत्तर था और सब का हँसना भी हर बार का हँसना था।

यह सच था। चारों ओर सब कुछ तेज़ी से बदल रहा था, लेकिन हम सब, कल या परसों या और उसके पहले के दिनों जैसे ही थे। लगभग ज्यों–के–त्यों।

सुनील पानवाले की दुकान में हम सब के हर रोज़ इकट्ठा होने की वजह भी यही थी कि सुनील भी हर रोज़ पिछले रोज़ की तरह ही होता था। उसकी पत्नी को क्रोनिक दमा था और एलोपैथी, आयुर्वेद से लेकर जादू–टोना और जड़ी–बूटियों तक का सहारा वह ले रहा था। पाँच बच्चे थे जिनमें से तीन स्कूल जाते थे। दो लड़कियाँ, तीन लड़के। हर रोज़ वह स्कूल को गालियाँ देता था जो किताब–कॉपियों के अलावा, जूते, मोज़े, बस्ता–वर्दी किसी ख़ास तरह की, किसी ख़ास ब्रांड और क्वालिटी की माँग करता था और अगर वह अपने बच्चों को यह सब जल्दी, किसी एक ख़ास नियत तारीख़ तक ख़रीद कर नहीं दे पाता था, तो बच्चे स्कूल नहीं जाते थे। इस डर से क्योंकि वहाँ की मैडम उन्हें क्लास से भगा देती थी। वह उस बस को भी गालियाँ देता था जो उसके बच्चों को स्कूल ले जाती थी और हर दूसरे–तीसरे महीने उसका किराया बढ़ जाता था। वह सरकार और पेट्रोल कम्पनियों

को गालियाँ देता था जिनकी वजह से हर महीने पेट्रोल के दाम बढ़ जाते थे, जिससे उसकी पुरानी मोटरसाइकिल का ख़र्च बढ़ जाता था। वह अपने बच्चों और पत्नी को गालियाँ देता था जिनकी वजह से वह दिन–रात खटता रहता था और कभी अपने पहनने के लिए ठीक कपड़ा और पीने के लिए दारू का पउआ नहीं ख़रीद पाता था। वह पुलिस और म्युनिसिपालिटी को गालियाँ देता था, जो उसके पान के खोखे को हफ़्ता–वसूली के बाद भी, महीने–दो महीने में हटा देते थे और फिर उसे अदालत में जाकर जुर्माना भरना पड़ता था।

लेकिन उसने अपने साठ साल के पिता की बीमारी में सत्तर हज़ार ख़र्च करके और उनकी दिन–रात सेवा करके, उनके स्पाइनल के रोग को ठीक करा डाला था और वे फिर से चलने–फिरने लगे थे। लेकिन अब वह अपने पिता जी को भी माँ–बहन की गालियाँ देता था क्योंकि उन्होंने गाँव में जो ज़मीन बेची थी, उसमें उसको एक पैसा नहीं दिया था और सारी जायदाद उसके निकम्मे, गँजेड़ी भाई के नाम कर दी थी, जो बड़ी चालू चीज़ था।

सुनील यादव पान वाले की भाषा में इतनी अधिक गालियाँ थीं कि मैं अचम्भे में आ जाता था। लेकिन अफ़सोस यह होता था कि ऐसी भाषा में राजभाषा 'हिन्दी' का कोई साहित्य नहीं रचा जा सकता था। 'हिन्दी' के शब्दकोशों और शब्द–सागरों में सुनील पनवाड़ी की भाषा के शब्द नहीं थे।

उसकी गालियाँ सुनकर हम सब हँसते थे क्योंकि हम सब अपनी–अपनी गालियों को अपनी–अपनी हँसी में हुनर के साथ छुपाते थे।

जज सा'ब तो सबसे ज़्यादा हँसते थे। ठहाका लगाकर। कई बार, जब उनका मुँह पान से भरा रहता था और सुनील गालियाँ देने लगता था, जिसे सुनकर सब हँसते थे और जज सा'ब ठहाका मारते थे, तो पान की पीक उनके कपड़ों पर गिर जाती थी और तब वे भी बहुत गाली देते थे और फिर सुनील से चूना माँग कर पान की पीक के ऊपर रगड़ते थे क्योंकि इससे दाग छूट जाता था।

ऐसा ही कोई दिन था, जब वे अपनी सफ़ेद शर्ट के ऊपर पड़ी पान की पीक के दाग के ऊपर चूना रगड़ रहे थे, और तब पहली बार

मैंने अचानक पाया कि पिछले दस महीने से हर रोज़, हर सुबह वे हमेशा वही एक सूट पहनकर वहाँ आते थे। शायद उनके पास कोई दूसरा सूट या कोट पैंट नहीं था।

सुबह वे इस तरह तैयार होकर आते थे जैसे किसी कोर्ट में जाने वाले हों और अभी कुछ ही देर में कोई चार्टर्ड बस आयेगी और उसमें बैठकर वे चले जायेंगे।

लेकिन जज सा'ब हमेशा पैदल ही लौट जाते थे। सुनील ने बताया कि वे अभी इन्तज़ार कर रहे हैं। पिछली बार जब वे जज थे तो उनकी मियाद बढ़ायी नहीं गयी, जिस मन्त्री की सिफ़ारिश पर वे किसी अदालत में जज बने थे, वह मन्त्री किसी बलात्कार के केस में जेल जा चुका है और अभी तक वे कोई नया कॉन्टेक्ट नहीं बना पाये हैं, जो उन्हें दुबारा जज बना दे।

उस दिन के बाद से मुझे उनसे सहानुभूति होने लगी थी और कई बार मैं उन्हें पास के ही पंडिज्जी के ढाबे में चाय पिलाने लगा था।

एक दिन वे सुबह नहीं, शाम तीन बजे सुनील की दुकान पर बहुत परेशानी की हालत में मिले। उन्होंने बताया कि उनका बेटा घर से भाग गया है और कहीं मिल नहीं रहा है। दो दिन से वे उसे खोज रहे हैं। थाने में भी उन्होंने गुमशुदगी की रिपोर्ट लिखायी है लेकिन ऐसा लगता है कि पुलिसवाले उनके सात साल के बेटे को ज़िन्दा खोजने के बजाय कहीं उसकी लाश की इत्तिला पाने के इन्तज़ार में हैं। यही अक्सर होता था। गुमशुदा बच्चे मुश्किल से ही दुबारा कभी मिलते थे। अक्सर उनकी लाश ही मिला करती थी।

गनीमत थी कि उस समय तक गैस आ चुकी थी और मेरी कार सीएनजी से चलने लगी थी। मैं भी चिन्तित हुआ और जज सा'ब के बेटे को खोजने के लिए, उनके साथ वैशाली के सारे इलाक़ों में, उसकी जानी–अनजानी सड़कों, गलियों, मोहल्लों–बस्तियों में निकल पड़ा।

जज सा'ब कृतज्ञ थे और बार–बार उनकी आँखों में आँसू छलक आते थे। वे भावुकता में कभी मेरा हाथ थाम लेते थे, कभी कन्धों पर झूल जाते थे। उन्होंने बताया कि पार्थिव को उन्होंने डाँटा था क्योंकि वह पढ़ने के बजाय क्रिकेट का ट्वेंटी–ट्वेंटी मैच देख रहा था,

जबकि सुबह उसका इम्तहान था। उन्होंने टीवी बन्द कर दिया था, ठीक उस समय, जब **डेल्ही डेयर डेविल्स** को **राजस्थान रॉयल्स** से जीतने के लिए आख़िरी चार ओवरों में पैंतीस रन बनाने थे और **सुरेश रैना** चौके–छक्के लगा रहा था।

सुबह पार्थिव स्कूल के लिए निकला था और तब से लौटकर नहीं आया था। स्कूल से पता चला कि वह इम्तहान में भी नहीं बैठा।

तो वह कहाँ गया?

हम तीन घण्टे से उसे हर जगह खोज रहे थे। कोई कोना नहीं छोड़ रहे थे। तकरीबन छह बज चुके थे और डर था कि अगर अँधेरा हो गया तो आज का दिन व्यर्थ चला जायेगा। दूसरी बात यह थी कि जज सा'ब अपने घर में अपने बेटे के साथ इन दिनों अकेले ही रह रहे थे क्योंकि उनकी पत्नी उनके घर, झाँसी जा चुकी थीं। वे दो वजहों से यहाँ रुके हुए थे। एक तो बेटे पार्थिव की पढ़ाई और परीक्षा और दूसरे, उन्हें पिछले दस महीने से हर रोज़, हर सुबह, यह उम्मीद लगी रहती थी कि शायद आज उनका काम कहीं बन जाये और वे दुबारा किसी जगह, लेबर कोर्ट ही सही, जज बन जायें। हर सुबह वे अख़बार में राशिफल देखकर निकलते थे। मन्त्रों का जाप करते थे। शनिदेव के मन्दिर में तेल और सिक्के चढ़ाते थे। लेकिन हर रोज़ हर रोज़ जैसा ही होता था।

अब तक कार से और पैदल चलकर हमने सारी समझ में आ सकने वाली जगहें खोज डाली थीं। हर जगह निराशा। वैशाली और वसुंधरा के चप्पे–चप्पे से हारी हुई चार खाली सूनी आँखें। अनगिनत लोगों से पार्थिव का हुलिया, उम्र, नाक–नक्श बताकर पूछे गये सवालों के जवाबों से हताशा।

और तब, जब लगने लगा कि अँधेरा अब बढ़ जायेगा और रात उतर आयेगी, तब मुझे एक डरावना ख़याल आया। नहर के किनारे–किनारे उगी झाड़ियों में पार्थिव की खोज। जीवित न सही, जीवन के बाद का शरीर।

लेकिन समस्या यह थी कि मैं यह जज सा'ब से कहता कैसे? इसलिए, बिना उन्हें बताये मैं कार नहर की ओर ले गया। यह हमारी आज की आख़िरी कोशिश थी।

और वहाँ, जहाँ सरकारी ज़मीनों पर तमाम देवी–देवताओं के मन्दिर अनाधिकृत ढंग से बने हुए थे, जिस जगह पर वैशाली की हरित पट्टी घोषित थी और जो अब 'मन्दिर मार्ग' में बदल चुकी थी और जहाँ पहले पुलिस का 'एनकाउंटर ग्राउंड' हुआ करता था, वहीं नहर के किनारे की एक छोटी–सी खाली जगह में कुछ बच्चे क्रिकेट खेल रहे थे।

जज सा'ब अचानक चीख़ पड़े, *'राइटर जी, वो रहा पार्थिव!'*

मैंने कार में ब्रेक लगाया। उसे सड़क के किनारे खड़ा किया और तेज़ी से भागते हुए जज सा'ब के साथ दौड़ पड़ा।

जज सा'ब अपने सात साल के बेटे पार्थिव के सामने खड़े थे, उसे अपनी ओर खींच रहे थे, उनकी आँखों से आँसू बह रहे थे लेकिन पार्थिव उनकी पकड़ से छूटने के लिए छटपटा रहा था।

उसके साथ खेलने वाले सारे बच्चे सहमे हुए चुपचाप जज सा'ब और पार्थिव की पकड़ा–धकड़ी देख रहे थे। मैं पाँच क़दम दूर खड़ा देख रहा था। तभी अचानक सारे बच्चों ने चिल्लाना शुरू कर दिया।

बच्चे डर गये थे। उन्हें लगा था कि पार्थिव का अपहरण हो रहा है। वे चीख़ रहे थे और कुछ ने जज सा'ब को ढेले मारना शुरू कर दिया था। एक लगभग नौ साल का बच्चा दौड़ता हुआ आया और उसने क्रिकेट के बैट से जज सा'ब को मारा। निशाना सिर का था, उधर जिधर दिमाग़ हुआ करता है लेकिन ठीक उसी पल जज सा'ब झुके और बैट उनकी पीठ पर लगा।

शोर सुनकर आसपास लोग इकट्ठा होने लगे थे। मन्दिर के कुछ पुजारी और साधु–भिखारी भी आ गये थे।

पार्थिव चिल्ला रहा था, *'मुझे इस आदमी से बचाओ! प्लीज़... प्लीज़...हेल्प मी!'*

शायद किसी ने फ़ोन किया होगा क्योंकि हमेशा देर से पहुँचने के लिए बदनाम पुलिस की पी.सी.आर. वैन सायरन बजाती हुई वहाँ उस रोज़ ठीक वक़्त पर पहुँच गयी।

पार्थिव बार–बार कह रहा था। *'मैं इन अंकल को नहीं जानता'* और जज सा'ब रोते हुए, उसे अपनी ओर खींचते हुए बार–बार लोगों

की भीड़ और पुलिस को समझाते हुए कह रहे थे कि *'ये पार्थिव है। मेरा बेटा।'*

पुलिस के साथ, मैं और जज सा'ब थाने गये और फिर वहाँ से पार्थिव को घर ले जाया गया।

मैं भीतर से हिल गया था।

इसके बाद, अगली सुबह से जज सा'ब मुझे सुनील पानवाले की दुकान पर नहीं दिखे। आज तक वे नहीं दिख रहे हैं।

अब वे कभी नहीं दिखेंगे।

सोचता हूँ काश यह इस क़िस्से का अन्त होता। इस असमंजस भरी जगह पर आकर कहानी ख़त्म हो गयी होती।

लेकिन ऐसा नहीं हुआ। जज सा'ब की कहानी अभी बाक़ी है, जिसके बारे में पहले ही यह डिस्क्लेमर लगा हुआ है कि इसका किसी ज़िन्दा या मृत व्यक्ति से कोई सम्बन्ध नहीं है। यह पूरी तरह काल्पनिक जगहों और पात्रों पर आधारित कथा है। और इसे पढ़ने से कोई कर्क रोग नहीं हो सकता।

यह संयोग ही था कि तीन दिन बाद मुझे विदेश जाना पड़ गया पूरे तीन महीने के लिए। और जब मैं वहाँ से लौटकर आया तो सुनील की दुकान उस जगह पर नहीं थी। उसके खोखे को म्युनिसिपालिटी वालों ने वहाँ से हटा दिया था। उस जगह एल.पी.जी. का पाइप डालने के लिए गड्ढे खोद दिये गये थे और बाहर कँटीले तारों की फेंसिंग तान दी गयी थी। सड़क के पार जो एक लम्बा–चौड़ा प्लॉट खाली पड़ा था, और जहाँ कॉलोनी का कूड़ा–कचरा फेंका जाता था, जहाँ लावारिस गायें, सड़क के कुत्ते, सुअर और कौओं की भीड़ जुटी रहती थी, वहाँ 'शुभ–स्वागतम बैंक्वेट हाल' का बड़ा–सा बैनर लग गया था।

जज सा'ब के बारे में मेरी स्मृति कुछ धुँधली होने लगी थी। इतने दिनों तक दूसरे देश के दूसरे शहरों की यात्राएँ और बिल्कुल दूसरी तरह की ज़िन्दगी। फिर यह भी एक संयोग ही था कि मुश्किल से पाँच दिनों के बाद मुझे अपने गाँव जाना पड़ गया।

तीन महीने बाद मैं वापस लौटा और लौटने के एक हफ़्ते बाद फिर से मुझे सुनील पानवाले की याद आयी। याद आने की दो वजहें थीं,

एक तो मेरे भीतर यह जानने की उत्सुकता थी कि उसकी पत्नी की तबीयत कैसी है और बच्चों की पढ़ाई कैसी चल रही है? दूसरी वजह ज़्यादा महत्त्वपूर्ण और निर्णायक थी। वह यह कि मुझे किसी दूसरे पनवाड़ी के हाथ का लगाया पान खाने में वह स्वाद ही नहीं मिल रहा था, जो सुनील यादव के हाथ के पान का था।

पान खिलाने के पहले सुनील दुकान के नीचे रखी बोतल से पहले पानी पिलाता था। *'ल्यौ, पहले कुल्ला करके बिरादरी का पानी पियो फिर पान खाओ'* और फिर शुरू होती थीं उसकी धुआँधार गालियाँ।

वह भाषा मुझे सम्मोहित करती थी और मैं हमेशा सोचता रहता था कि कैसे इन गालियों को राष्ट्र–राज नव–संस्कृत भाषा 'हिन्दी' के शब्दकोश और उसके साहित्य में सम्मिलित करूँ। यह एक विकट–ग़ज़ब बेचैनी थी, जिससे मैं पिछले तीन दशकों से गुज़र रहा था। जब भी कभी मैं ऐसी कोई कोशिश करता और अपनी किसी कहानी या कविता में, सतह के ऊपर के वाक्यों में या उनके भीतर के तहखानों में छुपे अर्थों में किसी गाली का प्रयोग करता, मुझ पर हमले शुरू हो जाते। हाथ आये काम छीन लिए जाते। अफ़वाहें फैला दी जातीं और मैं फिर सही समय का इन्तज़ार करने लगता।

उस समय और उस मौक़े का इन्तज़ार जब मैं खुलकर इन गालियों को अपनी रचनाओं में, एड़ी से चोटी तक बेतहाशा इस्तेमाल कर सकूँ।

यही वह कारण था कि मैंने फिर से सुनील का नया ठिकाना खोज निकाला और उसके पास जा पहुँचा। वह अब सेक्टर तेरह में जा चुका था और म्युनिसिपालिटी तथा पुलिसवालों को कुछ घूस–घास देकर उसने पटरी पर इस नयी जगह का जुगाड़ कर लिया था।

मुझे इतने समय के बाद देखकर वह बहुत खुश हुआ। मैंने उसकी बोतल का पानी पीकर कुल्ला किया। उसके हाथ का लगाया हुआ पान खाया। हमारा मजमा फिर जुड़ा। सब पहले की तरह ही थे। कुछ भी नहीं बदला था। सुनील की पत्नी को अब भी दमा था। उसे ठीक करने के लिए सुनील अब भी एलोपैथी, आयुर्वेद, जड़ी–बूटी, झाड़–फूँक, जादू–टोना, तन्त्र–मन्त्र का सहारा ले रहा था। उसके बच्चे अब भी स्कूल जा रहे थे। वह अब भी उसी तरह स्कूल, बस, पेट्रोल

कम्पनियों, सरकार, पुलिस सबको गालियाँ दे रहा था। इसी बीच कोई चुनाव हुआ था, जिसमें उसने अपनी जात के एक उम्मीदवार को वोट दिया था लेकिन अब उसे भी गालियाँ दे रहा था कि दुकान के लिए जब पटरी के 'लाइसेंस' की सिफ़ारिश के लिए वह गया, तो उस नेता के पीए ने उससे बीस हज़ार की घूस माँगी। वह गालियाँ देते हुए कसम खा रहा था कि अब आइंदा वह अपने किसी जात–बिरादरी के नेता को वोट नहीं देगा। सब साले चुनाव जीतकर चोट्टे हो जाते हैं।

उसकी गालियों पर हम सब अपने–अपने भीतर की गालियाँ, अपने–अपने हुनर से छुपाकर हँसते थे।

और तभी एक सुबह, जब सब हँस रहे थे मुझे जज सा'ब की अचानक याद आयी। उनकी याद आने की वजह थी सुनील की गालियाँ सुनकर उनके ठहाके के साथ उनकी शर्ट पर पड़ने वाली पीक के लाल धब्बे और उस पर उनका चूना रगड़ना।

फिर मुझे उस रोज़ उनके गुमशुदा बेटे पार्थिव और उसे खोज निकालने की घटना की याद आयी। और तब मैंने सुनील से जज सा'ब के बारे में पूछा।

सुनील ने जो बताया, वही इस क़िस्से का आख़िरी हिस्सा है।

मेरे विदेश चले जाने के बाद, यानी पार्थिव की बरामदगी के लगभग छह–सात दिनों के बाद, एक सुबह जज सा'ब सुनील के पास अपना वही पुराना सूट पहनकर आये थे और उन्होंने उससे कहा था कि अब उनकी जज वाली नौकरी फिर बहाल होने वाली है, जिसके लिए उन्हें कुछ रुपयों का इन्तज़ाम करने झाँसी जाना है। वे बहुत ख़ुश थे और उन्होंने कहा था कि दस–पन्द्रह दिनों में वे झाँसी से रुपयों का इन्तज़ाम करके लौट आयेंगे।

उन्होंने सुनील पान वाले से छह हज़ार रुपये उधार माँगे थे।

सुनील के पास रुपये नहीं थे तो उसने कहीं किसी कमेटी से उठाकर, महीने भर के ब्याज की शर्त पर रुपये लेकर उन्हें छह हज़ार रुपये दिये थे।

जज सा'ब पन्द्रह दिन तो क्या ढाई महीने तक नहीं लौटे थे। कमेटी वाला हर रोज़ ब्याज बढ़ाता जा रहा था और अब सुनील

की गालियाँ जज सा'ब के लिए निकलने लगी थीं। जज सा'ब उसे अपना मोबाइल नम्बर और झाँसी के घर का पता लिखकर दे गये थे। लेकिन सुनील जब–जब उस मोबाइल नम्बर पर फ़ोन करता, उसका 'स्विच ऑफ़' मिलता।

'जज सा'ब भी चोट्टा था, साला। पनवाड़ी को ही चूना लगा गया।' वह कहता, तो सारे लोग उसी तरह हँसते। अपने–अपने हुनर के भीतर अपनी–अपनी गालियों को छुपाते हुए।

फिर ब्याज की राशि जब ज़्यादा बढ़ गयी और कमेटी वाले ने थाने में शिकायत कर दी और पुलिसवाले आकर उसका खोखा उठाकर थाने ले गये तो जज सा'ब की खोज में सुनील झाँसी गया।

झाँसी में जज सा'ब का घर खोजने में सुनील को आठ घण्टे लग गये। बीच–बीच में उसे लोगों ने बताया कि यह पता शायद नक़ली है, जिसे सुनकर सुनील एकाध बार झाँसी जैसे अनजान शहर में, जहाँ वह पहली बार ही गया था, रोया भी था लेकिन वहाँ भी उसने अकेले में भरपूर गालियाँ आँसुओं के साथ दी थीं।

झाँसी में वैशाली का मजमा नहीं था, जो हँसता।

आख़िरकार शहर से सात किलोमीटर दूर वह मोहल्ला मिला और वह घर, जिसका नम्बर जज सा'ब ने सुनील को अपने पुराने लेटरहेड पर लिखकर दिया था। वह लेटरहेड पुराना था। उस समय का, जब वे जज हुआ करते थे। उस पर तीन मुँहवाले शेर का छापा ऊपर लगा था।

लेकिन उस घर में ताला लटका हुआ था। सीलबन्द, सरकारी ताला।

सुनील के होश उड़ गये।

बहुत मुश्किल से एक पड़ोसी ने जो बताया, वह कुछ बहुत ही मामूली से वाक्यों के भीतर था। उसे बताते हुए पड़ोसी का चेहरा लकड़ी जैसा सपाट था। जैसे वह किसी कठपुतली का चेहरा हो।

'यहाँ रहने वाले ने फ़ैमिली के साथ सुसाइड कर लिया। दो महीने पहले। पुलिस ताला लगा गयी है। अभी तक यहाँ उसका कोई रिश्तेदार नहीं आया।'

सुनील पहले तो स्तब्ध हुआ, फिर रोया और फिर उसने ख़ूब गालियाँ बकीं, जिन्हें सुनकर उस सपाट चेहरे वाले कठपुतले को भी ख़ूब हँसी आयी, जिसे उसने अपने किसी हुनर के भीतर नहीं छुपाया।

सुनील ने अपने गाँव जाकर अपने पिता जी, जिनके स्पाइनल के इलाज में उसने सत्तर हज़ार ख़र्च किये थे और जिनकी उसने आठ महीने दिन–रात सेवा की थी, उनसे ड्योढ़े ब्याज की दर पर दस हज़ार का कर्ज़, रोटरी के स्टैंप वाले काग़ज़ पर हलफ़नामा लिखकर उठाया। उसमें से उसने साढ़े सात हज़ार कमेटी वाले को और दो हज़ार पुलिस और म्युनिसिपालिटी वाले को देकर अपना खोखा फिर से पटरी पर लगाया।

यह बात बताकर सुनील ने फिर से अपनी गालियाँ शुरू कीं, जिन्हें सुनकर मैं हँसा और हमारे मजमे के सारे लोग हँसे लेकिन इस बार पान की पीक मेरी शर्ट पर गिरी और मैं सुनील से माँग कर वहाँ चूना रगड़ने लगा, जिससे वहाँ पीक के धब्बे न रहें।

अचानक मैंने देखा कि मेरी शर्ट भी, जिसे मैंने पहन रखा है, वह लगभग अट्ठाइस साल पुरानी है।

आपको याद होगा कि मैंने अपने और जज सा'ब की दो एडिक्शंस या लतों के बारे में बताया था, जिसकी वजह से हम एक–दूसरे से जुड़े हुए थे। एक पान और दूसरी खैनी। और तब मैंने कहा था कि अपनी और उनकी तीसरी लत के बारे में मैं कहानी के बिल्कुल अन्त में बताऊँगा।

तो वह तीसरी लत या एडिक्शन थी ज़िन्दगी।

हर हाल में ज़िन्दा रहने की लत।

सुनील, वहाँ इकट्ठे होते लोग, सारा मजमा इसी 'एडिक्शन' का शिकार था, लेकिन जिस लत के कारण कोई कर्क रोग नहीं होता। यह खैनी–सिगरेट–गुटखे की तरह जानलेवा नहीं है।

'तहलका', 15 जनवरी, 2014 में प्रकाशित

रुक्कू

अब वह पक्षी जब भी पंख खोलने की कोशिश करता है, रीढ़ की हड्डी के भीतर पीड़ा की एक असह्य लकीर उसके मस्तिष्क तक दौड़ जाती है और उसके पंख लटक जाते हैं। आप तो जानते ही हैं कि जब किसी चिड़िया से उसकी उड़ान का छूटना शुरू होता है, तो यह उसके अन्त की एक आसन्न सूचना होती है।

हालाँकि वह कोई घर नहीं था। वह विश्वविद्यालय के विवाहित छात्रों के हॉस्टल का एक 'वन रूम सेट' था, जिसमें मैं उस लड़की के साथ रहता था, जो कुछ ही अर्सा पहले मेरी पत्नी बनी थी। मैं भी उसका पति बन जाने के कारण उस 'मैरीडमेंस हॉस्टल' में उसके साथ रहता था।

लेकिन फिर भी उस हॉस्टल के कमरे को हम अपना 'घर' ही कहते थे। वह 'घर' ग्राउंड फ्लोर पर था और उसका नम्बर था 003। यह नम्बर हमारे घर का पता था। चिट्ठियाँ, मनीऑर्डर और लोग, इसी पते के ज़रिये हमारे घर तक पहुँचते थे।

माया इसी पते पर हमारे घर का काम करने आती थी। बर्तन, झाड़ू, पोंछा, कपड़े। उसके साथ रुक्कू होता था। उसका दो–ढाई साल का बेटा।

माया सुन्दर थी, मेहनती और ख़ुशमिजाज़। मैं और मेरी पत्नी माया को माया ही कहते थे। बाई या कुछ और नहीं। माया जब बाथरूम में कपड़े धो रही होती या रसोईघर में बर्तन, तो रुक्कू मेरी टाँगों के साथ चिपककर खड़ा हो जाता था।

उसे सिक्के चाहिए होते थे। सिक्के माँगने का उसका यही तरीक़ा था।

माया ने सिखा रखा होगा, कई बार मैं ऐसा सोचता। लेकिन एक दिन माया ने उसे ज़ोरों से डाँटा–*'किसने सिखा दिया, भिखमंगे? लौटा बाबूजी के पैसे!'*

माया ने ख़ुद रुक्कू के हाथ से सिक्के छीनकर मेरी मेज़ पर रख दिये।

मैं सहम गया। अगर मैं सिक्कों की जगह नोट देता तो क्या माया तब भी लौटाती?

लेकिन मैं परेशान हो गया था। कहीं वह मुझे ग़लत तो नहीं समझ रही है? मैं तो रुक्कू को सिक्के यों ही देता था। बस यों ही। इसमें माया बीच में कहीं नहीं थी। यह मेरे और रुक्कू के बीच बनते अदृश्य सम्बन्धों की बात थी। एक तो ऐसा करना मुझे अच्छा लगता था और यह भी कि शायद माया इन सिक्कों से उसे बाद में कुछ टॉफ़ी वग़ैरह खिला देगी।

एक दिन मैं रुक्कू के हाथ में सौ रुपये रखूँगा और देखूँगा कि माया क्या करती है, मैंने सोचा।

लेकिन मैं बहुत अच्छी आर्थिक हालत में नहीं था, और सौ रुपये का ऐसा जुआ नहीं खेल सकता था। कहीं माया ने ले ही लिए तो?... अगर ऐसा हुआ तो क्या सोचकर लेगी वह? उसके सोचने के अनुमान से ही मैं घबरा जाता।

...लेकिन एक दूसरी सम्भावना भी तो थी। अगर कहीं माया ने रुपये लौटा दिये तो? यह अनुमान ही मेरे लिए डरावना था। इसका मतलब, मेरे बारे में क्या–क्या सोचती होगी वह। मैं तनाव में घिरने लगा। कोई अन्य, किसी और के बारे में, अपने आप ऐसा क्यों सोच लेता है? जबकि ऐसा तो कुछ भी नहीं है, मेरे भीतर। दूर–दूर तक। मैं परेशान हो जाता।

वह मई–जून का महीना था। माया उस दिन देर से आयी थी और बाथरूम में कपड़े धो रही थी। मैं एक ऐसी किताब पढ़ रहा था, जिसमें एक घर का ज़िक्र था, जिसमें सिर्फ़ खिड़कियों और रोशनदान

से ही होकर आया–जाया जा सकता था। इसलिए, उस किताब के अनुसार उस घर में जो भी आकर रहने लगता था, वह कुछ समय के बाद चुपचाप किसी चिड़िया में बदल जाता था। अब उस घर में बहुत सारी चिड़ियाँ इकट्ठी हो गयी थीं। पूरे घर में उनकी फड़फड़ाहट, आवाज़ें और हलचल भर गयी थी। ...और उस घर का जो भी बाशिन्दा चिड़िया बन जाता था, धीरे–धीरे वह शहर में दिखाई देना कम हो जाता और लोग उसे भूलने लगते। उसकी उपस्थिति शहर में कम होने लगती। लोग उसके बारे में अगर कभी कोई बात भी करते तो कुछ इस तरह जैसे वे किसी बहुत पुरानी चीज़, जो अब कहीं नहीं है, के बारे में बात कर रहे हों। या जैसे किसी पुराने जहाज़ के बारे में, जो पिछली सदियों में समुद्र में कहीं डूब गया था, जिसमें उनमें से किसी के पूर्वज भी थे। या...या अपने किसी उस घर के बारे में जिसे वे वर्षों पहले गाँव में, छोड़ आये थे, जो मिट्टी का बना था और अब उनकी स्मृति में धूल और अँधेरे के पार कहीं डूब रहा था। उस घर को देखने वे कार में अब भी अपने बड़े होते बच्चों के साथ कभी–कभी जाया करते थे।

पढ़ते–पढ़ते मुझे लगा कि मेरे दिमाग़ के भीतर भी चिड़ियों की आवाज़ें, हलचल और उनके पंखों से पैदा होने वाली ख़ुशी भर गयी है। ख़ुशी और उसके साथ एक हल्की–सी उदासी भी। ठीक–ठीक कहें तो विरक्ति। मैं अगर ठीक उसी पल बोलने की कोशिश करता तो निश्चित ही मेरे गले से किसी उदास मैना या थके हुए कौए की आवाज़ निकलती। या शायद एक ऐसे अकेले धनेश की, जो अब लगभग विलुप्त हो गया है।

मैं रात में सोता तो तकिये के भीतर मुझे चिड़ियों के नन्हे–नन्हे छौनों की आवाज़ें सुनाई देतीं। जैसे वे अण्डे के सफ़ेद खोल के भीतर से, उस अदृश्य अँधेरे में से बोल रहे हों, जहाँ उनके चारों ओर एक कोई रहस्य द्रव की तरह उन्हें घेरे हुए है। और उस तरल रहस्य के पार जीवन जैसा कोई एक दूसरा रहस्य बीच–बीच में कौंधता है।

मैं सोचता–वे छौने कहाँ से बोल रहे हैं? मेरे तकिये के खोल के कपास से? मेरे मस्तिष्क के भीतर के अन्धकार और नींद से?

या सचमुच किसी उसी अदृश्य अण्डे के भीतर से, जो फिलहाल भविष्य में कहीं रखा है। धीरे–धीरे किसी एक दिन फूटने के लिए अपने आप गर्म होता हुआ।

तभी, इसी पल, मेरे घुटनों को जैसे किसी चिड़िया के पंख ने छुआ।

वह रुक्कू था। चुपचाप मेरी ओर ताकता हुआ। उसे पैसे चाहिए थे। वह मेरी मेज़ के नीचे मेरे घुटनों से सटकर खड़ा था।

मैंने देखा उसकी आँखें सचमुच किसी चिड़िया की आँखों जैसी थीं। बाद में, बड़ा होने पर, बच्चे ये आँखें कहाँ खो देते हैं? मुझे हिन्दी के एक प्रोफ़ेसर का चेहरा याद आया। उसकी आँखें अपने आप कभी किसी बाज और कभी किसी लोमड़ी जैसी दिखने लगती थीं। वह लगातार बोलता रहता था और संसार की हर सुन्दरता, उत्कृष्टता और नैतिकता से घृणा करता था।

उस दिन मेरी मेज़ पर ख़ूब सारी चिल्लर थी। खुदरा पैसे। मैंने सारे सिक्के अपनी मुट्ठी में समेटकर रुक्कू की जेब में भर दिये। एक बेतहाशा ख़ुशी, जिस ख़ुशी की उम्र रुक्कू के बराबर ही थी, उसे अपने होंठों को भींचकर भरसक अपने भीतर रोकता हुआ वह धीरे–धीरे पीछे खिसक रहा था। मुझे किसी प्रसन्न चिड़िया की मिचमिची शर्मीली आँख से देखता हुआ।

अचानक उसने 'क्रीं... क्रीं... क्रीं...' की आवाज़ निकाली और हँसा। कौन–सी चिड़िया है यह? शायद गौरैया, या पहाड़ी मैना। मैंने सोचा। फिर मुझे डर लगा कि कहीं माया आज फिर ना उसकी जेब से पैसे निकालकर मेरी मेज़ पर वापस रख दे।

कहीं वह मुझे बाज तो नहीं समझती? जबकि सच यह था कि मैं ख़ुद बाजों से अपनी जान बचाता फिरता था।

मुझे पान खाना था। पान मैंने बचपन से ही खाना सीख लिया था। इसलिए मैं उठकर बाहर चला आया। यूनिवर्सिटी के गेट के ठीक बगल में पूरन की पान की दुकान थी।

काफ़ी देर बाद, जबकि मैं पूरन के साथ उसकी गुमटी पर, बात करने में लगा हुआ था, दूर से माया आती हुई दिखी। उसके साथ–साथ रुक्कू भी चल रहा था। दोनों पूरन की गुमटी की ओर ही

आ रहे थे। उसी ओर जहाँ मैं था। मुझे डर लगा। शायद मेरे पास आकर माया मेरे सारे सिक्के वापस करेगी। सुलगती हुई आँखों से मुझे देखती हुई। रुक्कू की शर्ट की जेब में हाथ डाल कर ज़ोर–ज़ोर से बोलती हुई। पूरन क्या सोचेगा, मेरे बारे में? जबकि ऐसी कोई बात ही नहीं थी दूर–दूर तक। स्त्रियाँ बहुत रहस्यपूर्ण होती हैं। वे कुछ भी सोच सकती हैं। उनके सोचने के बारे में कई किताबें लाइब्रेरी में थीं, जिन्हें पढ़ने के बारे में मैं अक्सर सोचा करता था।

मैंने पहली बार जाना कि मैं दूसरों के सोचने से, चाहे वह स्त्री हो या पुरुष, बहुत डरता हूँ। अक्सर वे ऐसा कुछ सोचते हैं, जिसके अनुमान से ही मैं परेशान हो जाता हूँ। लेकिन वे ऐसा सोचते क्यों हैं? शायद ऐसा सोचने की आदत उन्हें उनका समय या उनका अपना जीवन देता होगा। लेकिन मैं अक्सर सोचता कि क्या उनके दिमाग़ के भीतर कोई चिड़िया नहीं रहती?

माया ने आते हुए मुस्कुराकर मुझे देखा। यह एक बिल्कुल आकस्मिक और अप्रत्याशित घटना थी। मैंने देखा कि रुक्कू मुझे देखकर कुछ–कुछ शरमा रहा है। वह मुझसे आँख मिलाने से कतरा रहा था।

'चिड़िया' ...मैंने सोचा। बहुत तेज़ इच्छा हुई कि मैं 'क्रीं... क्रीं... क्रीं...' की आवाज़ अपने गले से निकालूँ और उड़ जाऊँ। तब पता चलेगा लोगों को कि मैं असल में हूँ कौन, और मुझे मारना इसीलिए कितना कठिन है। इतने वर्षों बाद अब तो उन्हें अपना प्रयत्न छोड़ देना चाहिए।

मैं यह अच्छी तरह से जानता हूँ कि मैं उड़ सकता हूँ। ईश्वर के अलावा यह रहस्य मैंने सबसे छिपा रखा है। ख़ासतौर पर, जब मैं अपनी मेज़ पर बैठा हुआ कोई किताब पढ़ रहा या सफ़ेद काग़ज़ पर कुछ लिख रहा होता हूँ, तब मैं अक्सर उड़ने लगता हूँ। सबसे आँख बचाकर।

मुझे यह सोचकर ही ज़ोरों की हँसी आयी कि किसी को यह तक पता नहीं कि मैं अपने घर में दरवाज़े से नहीं, रोशनदान या खिड़की के रास्ते अन्दर आया–जाया करता हूँ।

...और रात में तो मैं शायद ही कभी अपने बिस्तर पर मिलूँ। जैसे ही नींद आयी, कि फिर बस...मैं उड़ा। बहुत देर तक उड़ा करता हूँ मैं रात में। यह भी किसी को नहीं पता। यही सारी वजहें हैं कि लोग मुझे मार नहीं पाते। वरना तो आप जानते ही हैं कि आज के वक़्त में किसी का जी पाना, वह भी चिड़िया बन कर, वह भी भारत की राजधानी दिल्ली में, कितना कठिन है।

लेकिन रुकिए, एक सच्चाई आप जान लें कि यह सत्य सिर्फ़ चिड़िया जानती है कि किसी शहर में कितने शिकारी और कितने हत्यारे रहते हैं। उनके घर, दफ़्तर या बँगले कहाँ–कहाँ हैं। जिन कारों पर वे चलते हैं उनके नम्बर क्या हैं। उनके फ़ोन नम्बर क्या हैं। ...और यह भी कि आप अगर अपने शहर में किसी दूसरी चिड़िया का पता जानना चाहते हैं, तो वह आपको सिर्फ़ कोई चिड़िया ही दे सकती है। लेकिन समस्या यह है कि दूसरी चिड़िया का पता आपको तब तक नहीं मिल सकेगा, जब तक यह अच्छी तरह सिद्ध ना हो जाये कि आप बाज या हत्यारे नहीं हैं। (ऐसा लिखने के लिए क्षमा करें, लेकिन क्या करें, किसी भी चिड़िया के लिए, यह संसार के इतिहास का सबसे सन्दिग्ध और हिंस्र समय है।)

माया पूरन की दुकान से रुक्कू के लिए, उसकी जेब से पैसे निकाल कर, टॉफ़ियाँ ख़रीद रही थी। वे वही सिक्के थे, जो मैंने उसकी जेब में भर दिये थे।

...इसका मतलब...तो...माया ने पैसे ले लिए!!

उसने मुस्कुराकर मेरी ओर देखा और बस स्टॉप की ओर बढ़ गयी। रुक्कू टॉफ़ी खाता हुआ मुझसे आँख मिलाने से बच रहा था। लेकिन मुस्कुरा रहा था।

उसकी वह मुस्कान सिर्फ़ मेरे लिए ही थी। एक तरह से लजाता हुआ 'धन्यवाद'। और माया जिस तरह से रुक्कू के साथ ज़ोर–ज़ोर से बोलती हुई जा रही थी, उस बोलने में तो लगातार कुछ ऐसा था, जो वह सिर्फ़ मुझ तक पहुँचाने का प्रयत्न कर रही थी। लेकिन क्या उसे इसका पता था कि ऐसा करते हुए वह मुझे कितनी अच्छी लग रही थी। उस पल मुझे पूरा विश्वास हो गया था कि माया को पता

चल गया है कि मैं दरअसल एक पक्षी हूँ। जहाँ तक मेरा सवाल है, तो मैं तो यह पहले से ही जानता था कि माया और कुछ नहीं, एक चिड़िया है। सबसे डरती हुई और सबसे बचती हुई। वह धीरे–धीरे गेट के बाहर मेरी आँख से ओझल हो गयी।

फिलहाल माया के अच्छा लगने को मैं पूरन से छिपा रहा था। क्योंकि वह मुझे भेदती हुई आँखों से घूर रहा था। मेरे भीतर एक बेचैनी पैदा होने लगी। मैंने आपसे कहा था न कि मैं दूसरों के सोचने से डरता हूँ। वे आख़िर ऐसा क्यों सोचते हैं?

मैंने अपने दोनों हाथ पान की दुकान के तख़्ते पर टिकाये, आगे की ओर झुका और पूरन के चेहरे के करीब होता हुआ फुसफुसाया– *'क्या तुम्हारे दिमाग़ के भीतर कोई चिड़िया नहीं रहती?'* यह सवाल मैंने बहुत ग़ुस्से और सख़्ती के साथ पूछा था।

'...हो ...हो ...हो...' करके पूरन हँसने लगा। उसके दाँत कत्थे में रँगे थे। वह बहुत अच्छा और प्यारा–सा आदमी था। वह मुझ पर पूरा भरोसा करता था और मुझे ख़ूब उधार देता था। मैंने साफ़–साफ़ सुना, पूरन के हँसने में से *'क्रीं... क्रीं'* की बहुत मद्धिम–सी आवाज़ बीच–बीच में कहीं छुपती हुई काँप रही थी। बहुत ही गोपनीय तरीक़े से अपने होने को प्रगट करती हुई।

ओह तो वह भी पक्षी ही है। मैंने लम्बी साँस ली क्योंकि अब मैंने पूरन का रहस्य जान लिया था और मैं बहुत ख़ुश था। (आप नहीं जानते कि जब कोई चिड़िया किसी दूसरी चिड़िया को खोज निकालती है, तो वह कितना प्रसन्न और निश्चिन्त होती है।) इसका मतलब, पूरन मुझे दरअसल ठीक–ठीक पहचानने के लिए ही अब तक घूर रहा था। मैं बेफ़िक्र हो गया।)

मैंने मुस्कुराकर उसे देखा और ज़ोरों से *'क्रीं...क्रीं'* की आवाज़ अपने गले से निकाली।

और ठीक इसी पल वह घटना घटी।

मेरी आवाज़ अचानक एक बहुत डरावने, चीख़ते–दहाड़ते यान्त्रिक विस्फोट में डूब गयी। यह भयावह शोर उधर हुआ था, जिधर गेट था और अभी कुछ ही पल पहले माया रक्कू के साथ जिधर गयी थी।

मैंने देखा, पूरन अपनी दुकान से कूदकर उसी तरफ़ भागा। फिर मैंने देखा चारों तरफ़ से लोग उसी तरफ़ भाग रहे हैं। मैं भी दौड़ा। मेरे दिमाग़ के भीतर एक ऐसा डर पैदा हो गया था, जिसमें एक गूँजता हुआ सन्नाटा भरा होता है। ऐसा सन्नाटा सिर्फ़ उस चिड़िया के दिमाग़ में पैदा होता है, जो किसी बन्दूक़ की गोली से बच जाने के ऐन पल पर, धमाके के ठीक आख़िरी छोर पर उड़ा करती है। उसके पंख सिर्फ़ इसलिए हवा में खुलते और बन्द होते हैं क्योंकि वे यह पता लगाना चाहते हैं कि क्या अभी भी उनमें जीवन शेष है? यह उड़ना नहीं होता है, यह जीवन के बचे रह जाने की एक विकल–दारुण खोज होती है।

गेट के बाहर, जहाँ पर बस स्टॉप था, वहाँ बहुत भीड़ थी। और भी लोग आ–आकर उस भीड़ में मिलते जा रहे थे। लोगों का एक दायरा–सा बन गया था। वहाँ हवा में भारी, खरखराती, अमूर्त–सी आवाज़ें उठ रही थीं। यह एक किसी समवेत कराह जैसी आवाज़ थी।

वह बस, जिसका रंग लाल था, कुछ आगे खड़ी हुई थी। मुझे लोगों की पीठ के अलावा और कुछ नहीं दिख रहा था। मैं माया को खोज रहा था। वह पता नहीं कहाँ थी? आप एक बात और जान लें कि हर एक चिड़िया की देह में बहने वाले रक्त में जो धुन या लय होती है, वह ठीक उस पल तिड़ककर टूट जाती है, जिस पल किसी एक दूसरी चिड़िया की मृत्यु हुआ करती है।

मेरी देह की शिराओं में बहने वाले रक्त की धुन बिखर गयी थी। वहाँ सिर्फ़ एक निर्वात और सन्नाटा था। मेरे दिमाग़ ने जान लिया था कि अभी–अभी यहाँ कोई–न–कोई चिड़िया ज़रूर मर गयी है।

माया कहाँ है? मैं बेचैनी और बदहवासी में घिर गया था। लोगों ने अपनी पीठ से एक वृत्ताकार दीवार बना ली थी, जिसके पार कुछ भी नहीं दिख रहा था। एक अभेद्य, अपारदर्शी, ठोस वृत्ताकार दीवार।

मैं उधर भागा, जिधर बस स्टॉप था। बस स्टॉप के दो पोलों के बीच की पाइप को पकड़कर मैं झूल गया और गर्दन उचकाकर,

मैंने सड़क के बीचोबीच उस जगह को देखने की कोशिश की, जिसे लोगों की पीठ ने घेर रखा था।

उस जगह पर रुक्कू था। लोगों के बीचोबीच। चारों तरफ़ से घिरा हुआ। उस वृत्त के ठीक केन्द्र में।

उसने अपने दोनों हाथ सड़क पर टेक रखे थे और अपने धड़ को आधा ऊपर उठा रखा था। वह अपनी गर्दन धीरे–धीरे दायें–बायें घुमाकर कुछ देख रहा था। रुक्कू शायद माया को खोज रहा था। उसकी आँखें बिल्कुल तटस्थ थी। भावहीन। किसी सपाट पत्थर या खाली काग़ज़ की तरह। उनमें कहीं कोई विकलता या पीड़ा नहीं थी। एक बिल्कुल सपाट निर्विकार शिशु चेहरा। अबोध। वह कभी दायें, कभी बायें कुछ खोजता हुआ बस देख भर रहा था। लग रहा था, जैसे वह कोई ऐसा रोबो हो या कोई ऐसा बेजान खिलौना, जिसमें चाभी भर देने से उसकी गर्दन दायें और बायें एक निर्धारित गति और दिशा में लगातार तब तक घूमती रहती है, जब तक चाभी या बैटरी ख़त्म नहीं हो जाती।

और उसके ठीक सामने सड़क पर वही टॉफ़ियाँ बिखरी हुई थीं, जो माया ने कुछ ही पल पहले पूरन की दुकान से उसे ख़रीद कर दी थीं। ...और ठीक उसी जगह उनमें से कुछ सिक्के भी पड़े हुए थे, जो मैंने उसकी जेब में भर दिये थे।

मैंने देखा और मैं जड़ हो गया। रुक्कू के धड़ का आधा हिस्सा, कमर से कुछ ऊपर से लेकर घुटनों तक का हिस्सा, सड़क पर किसी काग़ज़ की तरह चिपक गया था। ख़ून में लिथड़ा हुआ। उसकी कमर के नीचे अब सिर्फ़ एक भीगा हुआ लाल चीथड़ा बचा था, कोई शरीर नहीं।

रुक्कू की कमर के आसपास सड़क पर, लाल ही नहीं, और भी कई रंग थे। वे उसके शरीर में अब तक कहीं छिपे हुए थे। ऐसे रंग, जो हम सबके शरीर के भीतर जीवनभर अदृश्य छिपे रहते हैं और मृत्यु के साथ अचानक एक दिन बाहर फूट पड़ते हैं।

रुक्कू शायद अपनी माँ, माया की उँगली पकड़कर उस रेड लाइन सिटी बस में चढ़ रहा होगा और तभी यह बस अचानक चल

पड़ी होगी। झटके से रुक्कू की मुट्ठी से माया की उँगली छूट गयी होगी, वह गिरा होगा और ठीक उसी पल उस बस का पिछला पहिया रुक्कू की देह पर से, उसकी कमर के ऊपर से होता हुआ, गुज़र गया होगा।

वह एक प्राइवेट बस थी। जल्दी पैसा कमाने की होड़ और प्रतिद्वन्द्विता में ऐसी बसें बहुत कम देर के लिए कहीं रुकती थीं और सवारी के चढ़ते ही पूरी रफ़्तार में दौड़ पड़ती थीं। उन्हें दूसरी बसों का पीछा करना होता था और उन्हें पछाड़ना होता था। वे इतनी तेज़ और सड़क को रौंदती हुई दौड़ती थीं कि पूरे दिनभर शहर में हाहाकार का शोर मचा रहता था। वे शहरभर में किसी उन्माद में दौड़ते पागल वनैले हाथियों की तरह थीं। जो कुछ भी कोमल था, उसे अपने वहशीपन के नीचे रौंदती हुई। यह उन्माद और वहशीपन इन बेजान मशीनों में नहीं था, बल्कि उन हत्यारे दिमाग़ों में था जो उन बसों को शहर में चलाने के लिए ज़िम्मेदार थे।

मुझे विश्वविद्यालय की लाइब्रेरी से हाल में ही पढ़ी गयी एक किताब याद आयी, जिसका शीर्षक था 'मैडनेस इन सिविलाइज़ेशन'। यानी, यह हिंसक उन्माद, दरअसल उस सभ्यता ने पैदा किया था, जिसमें हम सब पक्षी निवास कर रहे थे और अपना जीवन गुज़ार रहे थे।

उस बस का इंजन अभी भी घर्रा रहा था। शायद ड्राइवर ने उसका इग्नीशन स्विच बन्द नहीं किया था। उस बस के गले से ऐसी आवाज़ निकल रही थी, जो किसी जंगल में, शिकार को गिरा डालने के बाद, किसी तेंदुए या बाघ के गले में से निकलती है। एक अघाई हुई, लेकिन फिर भी हिंसा, लालसा और अतृप्त वुभुक्षा से भरी हुई एक वनैली–यान्त्रिक गुर्राहट।

और तभी, ठीक एक पल के लिए, रुक्कू का चेहरा मेरी दिशा की ओर घूमा। ...और उसने मुझे देखा। एक पल के कुछ हिस्से तक के लिए उसकी आँखें मुझ पर टिकीं। मैं बस स्टॉप के दो खम्भों के बीच के पोल को अपनी उँगलियों से पकड़ कर, बहुत कठिनाई से अपने शरीर का बोझ अब तक सँभाले हुए था। यह एक मुश्किल

सन्तुलन था, जिसे बनाये रखने में मुझे बहुत शक्ति लगानी पड़ रही थी। रुक्कू से आँख मिलते ही अचानक मुझे लगा जैसे मेरे शरीर की सारी ताक़त ख़त्म हो गयी हो। रुक्कू का देखना किसी बिजली के झटके की तरह था।

मेरी उँगलियाँ अचानक ढीली पड़ गयीं और मैं नीचे गिर पड़ा।

दस–बारह साँस लेने के बाद मैं दुबारा उस पोल पर लटकने की शक्ति जुटा पाया। मैंने गर्दन उचकाकर उस जगह की ओर फिर से देखा।

रुक्कू अब औंधा होकर सो गया था। उसका चेहरा सड़क के कोलतार पर औंधा टिका हुआ था।

उस जगह पर बहुत से रंग एक–दूसरे के साथ धीरे–धीरे मिल रहे थे। ये वे रंग थे, जो हमारे शरीर के भीतर किसी रहस्य के अँधेरे में जीवनभर छुपे रहते हैं। हम में से कोई उन्हें अपने जीवनभर नहीं जानता। वे ठीक उसी घड़ी कुछ पलों के लिए दिखते हैं, जब मृत्यु आती है। फिर वे सूख जाते हैं। उनका रंग काला या कत्थई या धूसर हो जाता है।

आपने कभी किसी की आँख के ग्लूकोमा का ऑपरेशन देखा है क्या? अगर देखा हो, तो मरीज़ की आँख से निकाले गये उस नीले रंग के द्रव को भी आपने देखा होगा, जो किसी रहस्यपूर्ण फॉस्फोरस की आभा में धीरे–धीरे, सर्जन की तश्तरी में बुझता हुआ सिर्फ़ कुछ पल के लिए जलता है।

वह नीला रंग जीवन का होता है। जीवन के रहस्यों के असंख्य अदृश्य–अगोचर रंगों में से एक।

रुक्कू के जीवन के सारे रहस्य उस सड़क पर बुझकर काले और धूसर रंगों में बदल रहे थे।

माया...! माया कहाँ है?

मेरी आँखें माया को खोज रही थीं। रुक्कू की जगह को देख पाने की ताब अब मेरी देह में नहीं बची थी। उस पीठ की दीवार में माया की पीठ कौन–सी होगी?

तभी मैंने उस लाल रंग की बस की ओर देखा। उसके गले से अब भी वही गुर्राहट निकल रही थी। ...और, वहीं उस बस के पिछले पहिये से टिककर माया बैठी हुई थी। उसी के टायर का टेक लगा कर। किसी बेजान, पत्थर की मूर्ति की तरह।

वह रो भी नहीं रही थी। उसके चेहरे पर कोई भाव नहीं था। वह एक पत्थर हो चुकी चिड़िया की देह थी।

बस, उस दिन के बाद से मैंने माया को आज तक, कभी नहीं देखा। वह फिर कभी काम पर नहीं आयी।

उस मई के महीने में माया ने मेरे घर पर कुल मिलाकर ग्यारह दिन काम किया था। झाड़ू, पोंछा, बर्तन का काम। उसकी तनख़्वाह के पाँच सौ पचास रुपये अब तक मेरे पास बाक़ी हैं। माया का पता भी मेरे पास नहीं है कि ये रुपये मैं उसके पास भेज सकूँ।

कई बार सोचता हूँ, इस पैसे से मैं ख़ूब सारी ऐसी नींद की गोलियाँ ख़रीदूँ, जो उन्माद को कम करती हैं। जो आदमी के स्नायुओं को ढीला करती हैं। जो किसी को भी सुस्त बनाकर सुला देती हैं। ख़ूब सारे 'ट्रैंक्वेलाइज़र्स'। मैं हमेशा ऐसे लोगों के पते चुपचाप इकट्ठा करता रहता हूँ, जिनके उन्माद के बारे में मुझे पता चल जाता है।

लेकिन क्या आपको नहीं लगता कि माया के ग्यारह दिन के वेतन के बचे हुए पाँच सौ पचास रुपये की गोलियाँ इस सभ्यता को सुलाने के लिए काफ़ी कम पड़ेंगी?

—'सोच', संपादक : पंकज सिंह, 2003, प्रवेशांक में प्रकाशित

आवरण

इसे कहानी कहने का जी नहीं करता। फिर भी कहना पड़ेगा। विवशता है।

जिस दौर में हम जीवित हैं, उसमें हमारा जीवन चारों ओर से असंख्य, तरह–तरह की कहानियों के बीच घिरा हुआ है। जैसे हम किसी बाढ़ में डूबे हों। या व्यस्त हाइवे पर ट्रैफिक के बीचोबीच खड़े हों। चारों ओर क़िस्सों का शोर और जीवन पर उतने ही ख़तरे। ऐसा इतिहास में कभी नहीं हुआ था। हर रोज़, कई–कई बार, हम अलग–अलग कहानियों के पात्र बन जाते हैं या बना दिये जाते हैं, या फिर किसी अन्य को बनता हुआ देखते हैं। कभी कोई यूनानी त्रासदी, कभी संस्कृत की कादम्बरी, कभी कोई विस्मृत जातक कथा, कभी किसी विदूषक की कॉमेडी। किसी ग़रीब और मामूली आदमी के दुख से उपजता ऊबे और सुखी लोगों का चुटकुला।

और कभी किसी अख़बार या टी.वी. चैनल की न्यूज़ स्टोरी। किसी दुर्घटना या अपराध की दहशतनाक ख़बर। हाँ, यह ज़रूर है कि हम उनमें से नहीं हैं, जिनकी रोज़मर्रा की ज़िन्दगी किसी रंगीन अख़बार या टीवी चैनल का मसाला या गॉसिप बनती है। अक्सर पेज थ्री या लेट नाइट शो में दिखने वाली। वैसे हमारा जीवन भी एक तरह का 'रिएलिटी शो' ही है, ऐसा, जो कहीं प्रसारित नहीं होता। कहीं दिखता–छपता नहीं। मैं यहाँ एक ऐसे ही क़िस्से के बारे में बताने जा रहा हूँ, जिसका सम्बन्ध एक किताब के 'कवर' के बनने और छपने से है। 'कवर' को हिन्दी में, जिस भाषा में मैं लिखता हूँ, 'आवरण कहते' हैं।

एक पान वाले की गुमटी के पास मुझे हिन्दी का वह कवि मिला था। सर्दियों के दिन थे। सम्भवतः जनवरी या दिसम्बर की एक कँपकपाती सुबह। कवि ने एक अच्छा–सा ऊनी कोट पहन रखा था। उसका रंग अभी तक मेरी स्मृति में है। बल्कि आज, लगभग तीस साल बाद, जब मैं इस क़िस्से को लिख रहा हूँ, वह रंग और भी साफ़ और चमकीला होकर, मेरी आँख के सामने उभर आया है। उस कोट का रंग हल्का–सा नीला था और उसमें ज़रा–सा तोते का हरा और जामुनी के साथ कुछ और भी घुला हुआ था। शायद थोड़ा–सा धूसर, जैसा गर्मियों में धरती का रंग होता है। या फिर यह हो सकता है कि उसके कोट में हवा या पानी, या समय के साथ, धरती ही सचमुच में थोड़ी–सी घुल गयी हो।

लेकिन वह अलग–सा नीला था, जिसे मैं देर तक देखता रह गया था। वह नीला मुझे अपनी ओर चुम्बक की तरह खींच रहा था। या ब्रह्माण्ड में पाये जाने वाले 'ब्लैक होल' की तरह। मैं उससे छूटने और बचने की कोशिश में था।

मुझे जब कवि ने अपना कविता संग्रह दिया था, तो मुझे पहले ही भरोसा था कि उसकी कविताएँ कुछ अलग तरह की होंगी। उसकी कविताओं का जो भी रंग हो, उनमें कुछ और भी चीज़ें अपने रंगों के साथ या अपने रंगों को छोड़कर घुली होंगी। इस तरह कि अब कविता के रंगों में घुली संसार की उन अन्य चीज़ों को अलग से बीनना असम्भव हो चुका होगा।

'दिये की आख़िरी बत्ती' या 'रेलवे प्लेटफ़ॉर्म का अन्तिम कोना' या 'रोटी का बचा हुआ टुकड़ा'... कुछ–कुछ ऐसा ही शीर्षक उस संग्रह का था। उस संग्रह का इस समय ठीक–ठीक शीर्षक याद नहीं है, लेकिन इतना ज़रूर है कि उसमें 'अन्तिम' या 'आख़िरी' जैसा कोई एक शब्द शीर्षक के पीछे से झाँक रहा था। मुझे वह शब्द बीमार लग रहा था। बुख़ार और कमज़ोरी में डूबा हुआ।

अगर सच कहूँ तो उस कवि का चेहरा, बहुत प्रयत्न करने पर भी, मेरी स्मृति में ठीक से नहीं उभरता। मैंने कई बार उसका स्केच बनाने की भी कोशिश की, लेकिन हारकर छोड़ दिया। आज जब मैं यह क़िस्सा लिखने जा रहा हूँ तो मुझे उस कवि के सिर्फ़ ऊनी कोट का अलग–सा नीला रंग स्मृति में एक नम धब्बे की तरह, समय में बहुत दूर दिखाई देता है।

किसी मद्धिम पीले, कम वॉट के पुराने बल्ब की तरह जलता हुआ। ...और उसी के नीचे वह एक शब्द भी, जो शीर्षक के पीछे से, बुख़ार में झाँक रहा था। मुझे लगता है उस बीमार शब्द का अर्थ 'अन्तिम' या 'आख़िर' जैसा कुछ था।

पान की गुमटी के पास, अपने लिए बीड़ी का बण्डल ख़रीदता हुआ हिन्दी का कवि, जिसने एक अलग नीले रंग का कोट पहन रखा था, अकेला नहीं था। उसके साथ एक मरियल–सा, ग़रीब और उजाड़ चेहरे का एक आदमी और खड़ा था। उसने सस्ती टेरीकॉट की पतलून पहन रखी थी और उसकी शर्ट, जिसके सभी रंग लगभग बुझ चुके थे, के सामने का एक बटन टूटा हुआ था, जहाँ उसने एक जंग खाया सेफ़्टीपिन लगा रखा था। उस सेफ़्टीपिन को देखकर मुझे अपने बचपन और माँ की याद आयी थी। अपनी एक पुरानी शर्ट की भी, जिसे मैं कभी पाजामे और कभी हाफ पैंट के ऊपर पहनता था। मुझे अपने स्कूल के पास बहने वाला वह पहाड़ी नाला भी याद आया, जिसके आर–पार कूदने की कोशिश में मेरी टाँग टूट गयी थीं और कई दिनों तक प्लास्टर बाँधे पलंग पर रहना पड़ा था। लेकिन ख़ुशी की बात यह थी कि उतने दिनों तक मैं उस नरक में जाने से बच गया था, जिसे स्कूल या प्राथमिक पाठशाला कहते थे।

कवि ने कहा–'इनसे मिलो। इन्हें मदद की ज़रूरत है। यहाँ दिल्ली में अपना प्रकाशन शुरू किया है। तुम अपनी कविता की किताब इन्हें ही देना।'

वह उजाड़–सा आदमी अपने चेहरे और कपड़ों के बुझे हुए रंगों के पीछे से मुस्कुराया। उसने शायद 'नमस्ते' या 'नमस्कार' जैसा कुछ कहा। मैं करुणा में भरा हुआ, उस उजाड़ में किसी हरे–भरे रंग की तरह, किसी जंगल या पेड़ की तरह मुस्कुराना चाहता था, लेकिन तभी मैंने उसकी आँखें देख डालीं।

मैं ऐसी आँख को क्यों पहचान लिया करता हूँ। क्यों? क्यों? क्यों?

मैं हँस नहीं सका और उस कवि के कविता संग्रह के पन्ने लगातार पलटने लगा। मैं ख़ुद पर टिकी उसकी आँखों से बचता हुआ वहाँ से भाग जाना चाहता था।

बस यही इस कहानी का पहला छोर है, जिसे घटे हुए तीस से ज़्यादा साल हो गये हैं। इन तीस सालों में बहुत–सी चीज़ें बदल गयी हैं।

मैं बूढ़ा और गंजा हो गया हूँ। मेरे बच्चों के बच्चे हो गये हैं। मेरी रीढ़ की हड्डी गल चुकी है। आँखों क़ी रोशनी बुझने लगी है और मैंने मोटे लेंस का चश्मा पहनना शुरू कर दिया है। इसके बाद भी चेहरे पहचान में नहीं आते। चीज़ें और अपना समय मुझे बहुत धुँधला दिखाई देता है।

इतने बीते हुए सालों में दुनिया पहले जैसी नहीं रह गयी है। बर्लिन की दीवार ढह चुकी है। मैं जिस ज़िले में पैदा हुआ था, वह अब तीन ज़िलों में बँट गया है। जिस प्रान्त में मेरा ज़िला था, उसके कई प्रान्त बन गये हैं। जैसे आटे की एक लम्बी–सी लोई से कई रोटियाँ बना दी जाती हैं। मेरा पता इतने सालों में कई–कई बार बदल चुका है।

सोवियत संघ अब दुनिया के नक़्शे में कहीं नहीं है। एक यूगोस्लाविया हुआ करता था, जिसके मार्शल टीटो गुटनिरपेक्ष आन्दोलन चलाते थे और नेहरू जी और सुकर्णो के साथ मुस्कुराते थे, वह सब कर्पूर के धुएँ की तरह काफ़ूर हो चुका है। किसी ने अभी कुछ रोज़ पहले बताया कि बिहार के जिस ज़िले से भारत के पहले राष्ट्रपति बाबू राजेन्द्र प्रसाद आते थे, वहाँ से एक ऐसा नेता चुनाव जीतता है, जिस पर 148 लोगों की हत्या का आरोप है। यानी इराक के सद्दाम हुसैन से भी ज़्यादा, जिसे इस सदी में अब तक के सबसे बड़े हत्यारे जॉर्ज बुश ने फ़र्ज़ी मुक़दमा चलाकर फाँसी पर लटकवा दिया था।

मेरे गाँव में घर के पास जो नदी बहती थी, वह सूख चुकी है, और उसकी रेत के लिए ठेकेदारों के बीच गोलियाँ चलती हैं। मेरी मरी हुई नदी की रेत कान्स्ट्रक्शन के लिए, सीमेंट में मिलाई जाने वाली, गंगा की रेत से भी बेहतर मानी जाती है। गंगा भी गंगोत्री या गोमुख के अपने मुहाने से ही मर चुकी है। इलाहाबाद में उसका शव बहता है, जिसमें किंवदन्ती हो चुकी सरस्वती और मृत्यु के देवता यमराज की मरी हुई बहन यमुना की लाश आकर मिल जाती है। लोग उन शवों में अपनी देह मलते हैं और डुबकी लगाकर स्वर्ग जाने की सीढ़ियाँ खोजते हैं। एक मरी हुई भाषा, जो अब जीवितों को ठगने के काम आती है, उसे बोलते हुए पण्डे वहाँ उन लोगों से रुपये ऐंठते हैं।

और हाँ, वह कवि भी, जो उस दिन एक अलग से नीले रंग के कोट में, पान की गुमटी के पास मुझसे मिला था और जिसने अपना कविता

संग्रह मुझे दिया था, जिसका शीर्षक मुझे ठीक–ठीक याद नहीं, लेकिन जिसमें कोई एक शब्द, जिसका अर्थ शायद 'अन्तिम' या 'बचा हुआ' था, और जो तपेदिक की बुख़ार में डूबा हुआ शीर्षक के पीछे से झाँक रहा था...

वह कवि भी कई साल हुए मर चुका है।

कवि का हत्यारा कोई ठेकेदार था। उसने कवि को उसके दफ़्तर से दिन–दहाड़े, भरी दोपहर खींचकर बाहर निकाला था और उसे सारे शहर की सड़क पर कई घण्टों तक घुमाता रहा था।

पूरा शहर देख रहा था, जब वह ठेकेदार या हत्यारा उस कवि की उँगलियाँ, कलाइयाँ, बाँहें, टखने, पैर, जंघाएँ, एक–एक कर काट रहा था। उस कवि के शरीर के कटे हुए अंग उस शहर की सड़कों पर बिखरे हुए थे, जिस शहर में रहने वाले एक बूढ़े आदमी के अलावा किसी और ने उस कवि की एक भी कविता नहीं पढ़ी थी।

उस शहर के सात हज़ार लोग कवि की हत्या को किसी बॉलीवुड की फ़िल्म या टीवी सीरियल की शूटिंग की तरह देख रहे थे।

सबसे अन्त में ठेकेदार ने कवि का सिर उसके धड़ से अलग किया और चिल्लाया–'देख लो तुम लोग। वक़्त बदल चुका है। जो कोई भी अब ठेकों का विरोध करेगा, उसका ये हाल होगा।'

शहर के लोग उस समय भी चुप थे, जब ठेकेदार ने कवि का सिर पुलिस थाने के गेट पर फेंका और सामने के ठेले पर जाकर इमली की चटनी के साथ समोसा खाने लगा और चाय पीने लगा।

शहर थोड़ी देर बार फिर अपनी रफ़्तार में आ गया। 'मरने वाले के साथ कोई मर नहीं जाता!' उसी शहर के एक विद्वान ने कहा और ठेकेदार की कार में बैठकर किसी आयोजन में चला गया।

सचमुच अगर उस पान की गुमटी वाले पहले छोर से इधर की ओर देखें तो दुनिया इन तीस सालों में बहुत बदल गयी है। अब तो मैं अपना चश्मा दिनभर में कई–कई बार खोजता हूँ। कोई चीज़ किसी जगह रख देता हूँ, फिर उस जगह या उस चीज़, दोनों को भूलता और याद करता, दिन–रात खोजता रहता हूँ। पत्नी, जिसके घुटने अब ठीक से नहीं मुड़ते और मेहँदी लगाने से जिसके सिर के बाल अजीब–से नारंगी–कत्थई दिखते हैं,

चिढ़ती हुई बड़बड़ाती है –'अब भूल जाओ अपनी डिग्रियाँ, प्रमाण–पत्र और पुराने काग़ज़। मत खोजो उन्हें। इस शहर में भी अब कोई तुम्हें नहीं पहचानता। चलो हरिद्वार चलते हैं। अन्त की वेला आयी...'

वह भी तो अक्सर आख़िर तवे पर रखी हुई रोटियाँ भूल जाती है या खुले हुए नलके। हमारे घर में जलती हुई रोटी की गन्ध और लगातार बहते पानी की आवाज़ हमेशा आती रहती है। इसमें मेरी पत्नी की बड़बड़ाने और मेरे कुछ खोजते रहने की आवाज़ें भी मिली होती हैं।

लेकिन क्या आपको उस उजाड़–से आदमी की याद है जो उस रोज़ पान की गुमटी के पास कवि के साथ टेरीकॉट की पतलून और बुझे हुए रंग की शर्ट पहने मिला था और जिसके बियाबान में मैं किसी जंगल या पेड़ की तरह हरा होता हुआ हँसना चाहता था? लेकिन तभी अचानक मैंने उसकी आँखें देख डाली थीं।

वह आदमी अभी कुछ दिन पहले मुझे प्रेस क्लब के पास, रायसीना रोड पर दिखा था। वह बिल्कुल नयी इनोवा या लैंडक्रूज़र से उतर कर 'ली मेरिडियन' में दाख़िल हो रहा था। उसके साथ हिन्दी का एक बूढ़ा प्रोफ़ेसर और एक अधेड़ कवयित्री थी। वे 'बार' की ओर जा रहे थे।

उस आदमी ने काले रंग का चमकीला पार्टी सूट पहन रखा था। दाहिने हाथ में एक एक्ज़िक्यूटिव ब्रीफ़केस था। उसकी कलाइयों में, मैंने साफ़–साफ़ देखा, ओमेगा के नये मॉडल की वह घड़ी थी, जिसका विज्ञापन आज सारे अंग्रेज़ी अख़बारों में छपा है। उस घड़ी की क़ीमत सात लाख रुपये है। आज के ही हिन्दी के अख़बारों में एक फ़ोटो भी है, जिसमें वह आदमी उस बूढ़े प्रोफ़ेसर, अधेड़ कवयित्री और तीन–चार अन्य वीआईपी लोगों के साथ भारत के उपराष्ट्रपति के साथ खड़ा है। यह फ़ोटो कविता संग्रह के विमोचन का है। इस फ़ोटो में तीस साल पहले का उजाड़–सा आदमी हरे–भरे जंगल की तरह हँस रहा है।

आपने एक तथ्य पर ग़ौर किया? यह कहानी जहाँ से शुरू हुई थी, उसके कुछ ही देर बाद इसका फॉन्ट साइज़ बदल गया। इसकी लिपियाँ छोटी हो गयीं और सारे अक्षर इटेलिक्स में तिरछे हो गये। इसका अर्थ यही निकला कि यह वह मूल कहानी नहीं थी, जिसे मैं लिखना चाहता था। ऐसा मैं अक्सर करता हूँ। शायद यह किसी एक

उस दूसरी कथा की प्रस्तावना थी, जिस तक मैं आपको पहुँचाना चाहता था।

मेरा मानना है कि जिस जगह आप पहुँचना चाहते हैं, अपने घर या शहर, या किसी दूसरे के घर और किसी दूसरे शहर, तो वहाँ तक पहुँचने के लिए आपको हमेशा एक दूरी तय करनी पड़ती है। इसके अलावा, आपको कुछ देर तक किसी दूसरे समय में भी रहना और चलना पड़ता है। आप किसी भी जगह एकदम सीधे नहीं पहुँच सकते। यह असम्भव जैसा है। ऐसा कौतुक सिर्फ़ सपने में मुमकिन है कि आप अचानक अपने आपको ठीक उसी समय और ठीक उसी जगह पायें, जहाँ आप पहुँचना चाहते थे।

फिर, जैसा कि आपने देखा ही है, मैंने कहानी का शीर्षक 'आवरण' दिया था जबकि अभी तक उससे जुड़ी कोई घटना इस समूचे पाठ में कहीं नहीं आयी।

मैंने अपना कविता संग्रह उस उजाड़ आदमी को नहीं दिया, जो तीस साल के बाद, जब सारी दुनिया बदल चुकी थी, ओमेगा गोल्ड एंड डायमंड वॉच पहनने लगा था और तब तक जो कवि ठेकेदार के हाथों मारा जा चुका था, उसे उसने रॉयल्टी नहीं दी थी।

लेकिन कविताएँ अगर लिखी जाती हैं तो उन्हें छपाने का रिवाज़ भी समाज में है। जैसे बेटियाँ पैदा होती हैं तो एक दिन उनको ब्याह देने की प्रथा हुआ करती है। लिहाज़ा अपनी कविताएँ लेकर मैं एक जमे–जमाये प्रकाशक के पास गया जिसकी दुकान, पुराने शहर की चाट–पकौड़ी वाली बस्ती की सबसे सँकरी गली में थी।

लेकिन जब की यह बात है, तब तक उस अलग–से नीले कोट वाले कवि की हत्या ठेकेदार ने नहीं की थी और कवि का सिर धड़ से अलग करके, उसे थाने के फाटक के सामने फेंककर, वह इमली की चटनी और समोसा नहीं खा रहा था। यानी तब तक दुनिया इस कदर बदली नहीं थी। उसमें वह पुराना कुछ बचा हुआ था, जिससे वह किसी कदर पहचानी जा सकती थी।

शायद तब तक टीवी तो आ चुका होगा लेकिन इंटरनेट और मोबाइल का अता–पता नहीं था।

इसीलिए जब शहर की पुरानी चाट–पकौड़ी वाली सबसे सँकरी गली में मैं प्रकाशक की दुकान में अपनी कविताओं की पाण्डुलिपि के साथ दाख़िल हुआ तो वह पुदीने की चटनी के साथ ब्रेड पकौड़ा खा रहा था और काले रंग के टेलिफ़ोन की दस छेद वाली चकरी के अलग–अलग नम्बरों को उँगलियों से 'किर्र्रर्र... घिर्र्रर्र... किर्र्रर्र...' करता हुआ घुमा रहा था। वह किसी पुलिस अफ़सर को फ़ोन कर रहा था, जिसका कविता संग्रह उसने छापा था और जो सामने ही मेज़ पर, जिसमें ब्रेड पकौड़े रखे थे, उसी के बगल में रखा हुआ था।

फ़ोन नहीं लगा तो उसने रिसीवर क्रेडिल पर पटका और उस पुलिस वाले को गाली दी। उसने कहा–'धन्धे में सब करना पड़ता है। बोला था बारह सौ बाइस प्रतियों का ऑर्डर एडवांस दिला देगा। देखिए, चार दिन हो गये उसका कविता संग्रह छपे, फ़ोन ही नहीं उठा रहा है। पी.ए. बोलता है, होल्ड करिए। चार दिन में कुल मिलाकर साढ़े चार घण्टे मैं रिसीवर पकड़कर बैठा रहा हूँ।'

'प्रोडक्शन तो बहुत अच्छा है।' मैंने पुलिस वाले के कविता संग्रह को उठाते हुए कहा। 'काग़ज़ भी आपने काफ़ी महँगा वाला लगाया है।' प्रकाशक, जो अब तक ब्रेड पकौड़े के अख़िरी टुकड़े के साथ पुदीने की सारी चटनी खा चुका था, तौलिये से हाथ पोंछता हुआ पहली बार मुस्कुराया। 'कवर डिज़ाइन भी उम्दा है। जामिनी राय का रिप्रोडक्शन हमने यूज़ किया है।'

हालाँकि जामिनी राय के बारे में मेरी राय अच्छी नहीं थी फिर भी मैंने कहा, 'हाँ, कवर अच्छा है।'

'बहुत पुरस्कार मिले आपको इस बीच। अब तो किताब आ ही जानी चाहिए।' प्रकाशक, जो बहुत ही चिकना–चुपड़ा था और बहुत अधिक धुले हुए कपड़े पहनकर बैठा हुआ था, ने कहा।

इस बीच एक कमज़ोर और भूखा लगने वाला आदमी वहाँ टेबल पर चाय के दो कप रख गया और ब्रेड पकौड़े वाली खाली प्लेट उठा ले गया। जिस समय वह आदमी ये सब काम कर रहा था, मैंने अपने झोले से कविताओं की पाण्डुलिपि निकालकर मेज़ पर रख दी।

'ये लोग पुरस्कार तो देते हैं, नौकरी नहीं देते। कोई काम भी नहीं देते। ज़्यादा पुरस्कार हो गये तो कहीं मुँह दिखाने लायक नहीं रहूँगा।'

मैंने सोचते हुए कहा। मेरी आवाज़ में आत्मदया, लाचारगी और दरिद्रता जैसी चीज़ थी।

'आपको नौकरी मिलती क्यों नहीं है?'

'मुझे लगता है, मैंने ऐसी एकाध कविताएँ लिख दी हैं। शायद इसीलिए। अत्तिला योज़ेफ़ को भी नौकरी कभी नहीं मिली थी।'

'फिर क्या हुआ? बिज़नेस कर लेना चाहिए था कोई।' उसने मेरी पाण्डुलिपि के पन्ने पलटते हुए कहा।

'असल में जो कविता लिखने लगता है, उसके लिए कविता ही बिज़नेस बन जाती है। लेकिन इसमें घाटा बहुत है। बहुत क़र्ज़ हो जाता है। अफ़सरों–नेताओं की चिरौरी न करो तो घर बिक जाता है। बच्चे भूखे रह जाते हैं।'

'उसका क्या हुआ था?'

'किसका?'

'वो जिसका नाम आपने अभी लिया था, जिसको कभी नौकरी नहीं मिली थी।' प्रकाशक ने पूछा।

'वो रेल की पटरी पर कटकर मर गया था। 32 साल की उम्र में। अब तो ख़ैर उसे हंगरी में कविता के इतिहास का सबसे महान कवि माना जाता है, लेकिन यह तो मरने के बाद की बात है। असल में जब वह यूनिवर्सिटी में पढ़ रहा था, तो उसने एक कविता लिख दी थी, जिससे एक प्रोफ़ेसर नाराज़ हो गया था और उसने उसका दाख़िला खारिज़ करवा दिया था।'

'ओह!' प्रकाशक की आवाज़ में पछतावा जैसा कुछ था। 'उसको कविता नहीं लिखनी चाहिए थी। भई, अपने धन्धे का कुछ तो ख़याल रखना चाहिए कि नहीं?'

'लेकिन हमारे यहाँ दूसरे तरीक़े से मारते हैं। यहाँ जो असल में कवि होता है, उसे पहले भूखा रखकर पागल बना देते हैं। कई तरीक़े से उसके बारे में अफ़वाहें भी फैलाई जाती हैं। बाद में वह मर जाता है। लेकिन मेरा अन्दाज़ा है कि इन दिनों कहानी में ज़्यादा जोखिम होता है। कई के ख़िलाफ़ तो मुक़दमे दर्ज हो जाते हैं और उन्हें जलावतन दे दिया जाता है।'

प्रकाशक ने गहरी आँखों से मुझे देखा। उसमें सहानुभूति और घबराहट दोनों थी।

'आपकी कविताएँ अच्छी हैं। इनमें ट्रैज़िडी बहुत है। मेरी लाइफ़ में भी बहुत ट्रैज़िडी है।' उसने हल्की मुस्कुराहट के साथ कहा। 'लेकिन मेरा एक सुझाव है आपको।' उसने गम्भीरता से मेरी ओर देखा।

'क्या?' मैंने पूछा।

'आप कहानियाँ मत लिखिएगा कभी।' थोड़ी देर तक वह मुझे देखता रहा फिर उसने कहा, 'आपका यह कविता संग्रह हम छाप रहे हैं। आप देखिएगा, इस पुलिस वाले के संग्रह से भी बेहतर आपका प्रोडक्शन होगा।'

उसने उठकर मुझसे हाथ मिलाया, सात सौ पचास रुपये रॉयल्टी एडवांस का चेक दिया। मैंने उसे धन्यवाद दिया और चलने के पहले मैंने उससे कहा–'आप चिन्ता बिल्कुल ही न करें। वैसे भी बचपन से मैं कवि ही हूँ। कहानी मैं कभी नहीं लिखूँगा। कविता ही काफ़ी हैं'

वह मुस्कुराता हुआ मुझे देख रहा था। उसके ऑफ़िस में काम करने वाली एक लड़की, जिसका चेहरा मैं ठीक से नहीं देख पा रहा था, उसके पास आ गयी थी। शायद वह पहले ही उसके पास आना चाहती थी लेकिन मेरी वजह से नहीं आ पा रही थी।

दरवाज़े से बाहर निकलने से पहले मैंने ज़ोरों से कहा–'सरावगी जी, इस संग्रह के 'कवर' के लिए चित्र मैं ख़ुद आपको दूँगा।'

बाहरी सँकरी गली से निकलकर जब मैं सड़क पर आया तब यह ध्यान आया कि चेक मैं जमा कहाँ करूँगा? किसी बैंक में एकाउंट तो होना चाहिए।

यह तब की बात है, जब शहर में इतने बैंक और कारें और शॉपिंग मॉल्स नहीं थे। मेट्रो के बारे में तो कोई सोच भी नहीं सकता था।

जैसे ही हम या कोई भी और चीज़ स्मृतियों में जाती है, वह अपने आप विरूपित हो जाती है। उसका रूपाकार बदल जाता है। स्मृति का मतलब ही होता है, समय में पीछे की ओर लौटना। उल्टी दिशा में लौटना। ऐसे में जैसे लिपियाँ तिरछी हो जाती हैं, वैसे ही हमारे अपने चेहरे भी टेढ़े–मेढ़े हो जाते हैं। लेखन तो वैसे भी एक पेशा है, जिसमें लगातार और बार–बार स्मृतियों में रहना और आना–जाना पड़ता है, इसीलिए आपने ज़्यादातर पाया होगा कि लेखकों और कवियों के चेहरे टेढ़े–मेढ़े होते हैं। किसी लेखक से कई बार मिलने पर लगता है, जैसे उसका चेहरा आप किसी टूटे हुए आईने में देख रहे हैं। कटा–फटा और सारे हिस्से अलग–अलग बिखरते हुए।

जितना अच्छा जो कवि होगा, उतना ही इटैलिक्स में तिरछा और गड्डमड्ड हो चुका उसका चेहरा होगा।

हर अच्छा और सच्चा कवि या लेखक हमेशा अपने डिलीट हो जाने या इरेज़ हो जाने के डर से घिरा रहता है। उसके शब्द उसी तरह कमज़ोर और बुख़ार में डूबे हुए होते हैं, जैसा हमने उस कवि के संग्रह के शीर्षक के पीछे देखा था, जिसने तीस साल पहले एक अलग–सा नीला कोट पहन रखा था और जिसकी हत्या बदलते हुए समय में एक ठेकेदार ने सरेआम, दिनदहाड़े कर दी थी।

सारा शहर कवि की हत्या को किसी फ़िल्म या टीवी सीरियल की शूटिंग की तरह चुपचाप देख रहा था।

वह चित्रकार, जो मेरा दोस्त था और जिससे मैं अपने पहले कविता संग्रह का कवर बनवाना चाहता था और जिससे अपना पहला बैंक अकाउंट खोलने में मदद लेना चाहता था, उसे खोजने में मुझे तीन दिन लग गये। उसके घर जाता था तो उसकी पत्नी बताती थी कि वे स्टूडियो गये हैं। स्टूडियो पहुँचता था, तो वहाँ एक उदास–सा ताला लटका मिलता था, जैसे वह ख़ुद उसके इन्तज़ार में हो। वह एक अकेला, उदास और बूढ़ा होता ताला था।

एक दिन तो देर रात मैं उसके घर पहुँचा। लगभग आधी रात। इस उम्मीद में कि अब तक वह घर अपने बीवी–बच्चे के पास लौट आया होगा। लेकिन वहाँ उसकी पत्नी बेचैन और डरी हुई टेरेस पर टहल रही थी। मुझे देखते ही वह डर गयी और ज़ोर–ज़ोर से रोने लगी। 'आप मुझसे कुछ छिपा रहे हैं। सच बताइए, क्या हो गया उनके साथ?' मैं घबरा गया और उसे समझाने में मुझे डेढ़–दो घण्टे लग गये कि ऐसा कुछ नहीं है, बल्कि मैं तो दरअसल अपने कविता संग्रह का कवर बनवाने उसके पास आया था।

आख़िरकार, एक स्कूली बच्चे ने, जिसकी बस उस इलाक़े से तीस किलोमीटर दूर 'इंडियन हेरिटेज पब्लिक स्कूल' हर रोज़ सुबह जाती थी, बताया कि आर्टिस्ट अंकल को उसने किंडूरी की पहाड़ियों के पास के जंगल में एक पेड़ के नीचे बैठे देखा है। उसने बताया कि वह उन्हें कई दिनों से उधर देखता रहा है।

मैं उसी बस से, साठ स्कूली बच्चों के साथ बैठ कर गया और किंडूरी की पहाड़ियों वाले इलाक़े में उतर गया। वहाँ थोड़ा–बहुत जंगल बचा हुआ था।

पलाश के कुछ दूर–दूर छितराये पेड़ भी थे, जिनमें लाल रंग के टेसू फूले हुए थे। सागौन और बबूल के पेड़ों के अलावा वहाँ झाड़ियाँ और उनके झुरमुट बहुत थे। ऊँची–ऊँची लैंटिना और गाजर घास से वहाँ की धरती ढँकी हुई थी। मैंने सोचा, शायद चित्रकार वहाँ कलर्स इकट्ठा करने आता होगा क्योंकि कई बार उसने कहा था कि वह अपनी पेंटिंग के विषय और मैटीरियल, दोनों से ऊब चुका है। शायद वह किंडूरी की पहाड़ियों और जंगल में पायी जाने वाली काली, पीली, सफ़ेद और गेरुआ मिट्टी और कई तरह के जंगली फूलों से रंग इकट्ठा करने में लगा होगा।

वह मुझे एक नाले की ढलान पर एक जंगली पौधे के पास चुपचाप बैठा दिखा। उसके कपड़े मटमैले थे और उसकी दाढ़ी धूल और मिट्टी में लिथड़ी हुई थी। वह उस अजनबी जंगली पौधे को टकटकी लगाकर देख रहा था। बगल में उसकी स्केच बुक और उसका झोला पड़ा हुआ था। उसके चेहरे की वीरानी में से कोई गहरी करुणा और चिन्ता झाँक रही थी।

'उस दिन यह मुझे पहली बार मिला था।' उसने उस पौधे की ओर इशारा किया। 'इसे कोई रोग है और यह मर रहा है।' मुझे वह गौतम बुद्ध या प्रभु यीशु की तरह लगा। 'ऐसा कोई दूसरा पौधा इस इलाक़े में कहीं नहीं है। अपनी नस्ल का यह अब अकेला यहाँ बचा है। अन्तिम... एकदम आख़िरी...!'

मैंने साफ़–साफ़ देखा उसकी आँखों में डर था।

मुझे अचानक मारे गये कवि (हालाँकि तब तक वह मारा नहीं गया था) के संग्रह के शीर्षक के पीछे से झाँकता वह शब्द याद आया, जो शायद तपेदिक के बुख़ार में डूबा, काँप रहा था और जिसका अर्थ भी 'अन्तिम' या 'आख़िरी' जैसा था।

'पिछले हफ़्ते मैं इसकी कुछ पत्तियाँ तोड़कर ले गया था और अपने स्टूडियो में एक काँच के गिलास में पानी डाल कर रख दिया था।' चित्रकार ने बताया। 'मैंने सोचा था कि जो पौधा अब हमारी धरती से विलुप्त होने वाला है, कम–से–कम उसका रंग बचाकर मैं अपनी किसी पेंटिंग में इस्तेमाल कर लूँगा। अब इस तरीक़े से हम चीज़ों को बचा सकते हैं। असल में जब इतनी चीज़ें ख़त्म हो रही हैं, किसी तरह हम उनकी स्मृतियाँ ही बचा सकें तो बहुत है!'

वह कुछ देर के लिए रुका फिर उसने कहा—'लेकिन, जानते हो क्या हुआ? उस गिलास का पानी दो घण्टे के भीतर बर्फ़ की तरह जम गया। सफ़ेद। इतना गाढ़ा कि मुझे चाकू से उसे काटकर बाहर निकालना पड़ा।'

वह अपने रूमाल से उस पौधे की सूखती पत्तियों की गर्द और मैल पोंछने में लग गया। इतने हल्के हाथों से कि पत्तियों को कोई दर्द न हो। वह पौधा सचमुच गहरे बुख़ार में था, बहुत कमज़ोर। उसमें जीवन अब बहुत थोड़ा बाक़ी बचा था।

'इसकी जड़ों में शायद कैंसर है या कोई दूसरा संक्रामक रोग... पहले मैंने यही सोचा था। फिर मैंने इसकी जड़ों के इर्द-गिर्द की ज़मीन को खोदा...। सोचा था दिल्ली की किसी अच्छी नर्सरी से कोई दवा ले आऊँगा, कोई अच्छा डि-इनफ़ेक्टिसाइड... लेकिन...!'

कुछ पल चुप रहने के बाद भर्रायी, चिन्तित और डरी हुई आवाज़ में उसने कहा—'असल में कैंसर या कोई दूसरी संक्रामक बीमारी इस पौधे की जड़ों को ही नहीं, ज़मीन की मिट्टी को भी लग चुकी है। ...और यह तेज़ी से फैलती जा रही है।

'मैंने वनौषधि की एक किताब में देखा कि इस पौधे को 'जल-जमनी' कहते थे।' उसने कुछ देर बाद कहा।

मैंने उसकी स्केच बुक के पन्ने पलटे। उसने बहुत से ड्राइंग्स बना रखे थे। तरह-तरह की पत्तियाँ और टहनियाँ थीं। चिड़ियाँ, गायें, बकरियाँ। एक पन्ने पर उसने लिखा था—'कैंसर' और उस पर उसने इसी पौधे का स्केच बना रखा था। उस स्केच में यह पौधा अपनी मृत्यु के बिल्कुल करीब लग रहा था। उसका जीवन लगभग बुझने के अन्तिम पल में था।

मैंने देखा मेरा दोस्त चित्रकार रो रहा था।

'मेरा इस शहर में रहने का मन नहीं करता। ...घर भी जाता हूँ तो लगता है मेरे घर का जीवन भी इस पौधे की ही तरह धीरे-धीरे बुझ रहा है। मेरे बेटे को जानते हो...बस एक उसी के लिए मैं ज़िन्दा रहना चाहता हूँ। मैं जानता हूँ कि अगर मैं मर गया तो वह फिर किसी से कोई बात नहीं कर पायेगा। बचपन से ही वह सिर्फ़ देखभर सकता है। जिन इशारों और हरकतों से वह कुछ कहता है, पूरे शहर में उसे सिर्फ़ मैं समझता हूँ।'

'उसकी माँ भी उससे सम्पर्क नहीं कर सकती।' उसने जोड़ा और चुप हो गया।

जब हम दोनों लौट रहे थे, तो रास्ते में उसने कहा था—'क्या तुम्हें नहीं लगता कि जिस समय में हम लोग रह रहे हैं, उसमें हम लोग घटनाओं और चीज़ों को सिर्फ़ देख भर सकते हैं? कुछ कर नहीं सकते?'

उस रात हम दोनों ने ख़ूब शराब पी। हमने बहुत पुराने, लगभग भुला दिये गये गाने गाये। कई—कई बार हम फूट—फूट कर रोते रहे। हमने प्रार्थनाएँ कीं।

इस बात को भी बीते हुए कई साल हो गये हैं, जब उस रात उसने मुझे, मेरे कविता संग्रह के लिए, दीवार से उतारकर, वह चित्र दिया।

वह कलर पेंटिंग नहीं, क़लम से बनाया गया स्केच था। वह स्केच लकड़ी के फ्रेम के भीतर था। उसमें सात—आठ साल का एक बच्चा था, जिसकी आँखों में एक अजीब—सा भय और निरीहता थी। कुछ—कुछ उस पौधे के स्केच की तरह, जिसे मैंने अपने दोस्त चित्रकार की ड्राइंग बुक में देखा था।

बहुत देर तक वह उस चित्र को पकड़कर बैठा रहा। मैंने उसे इस तरह पहली बार देखा था। वह कहीं अपने आप में खो गया था। फिर उसने मेरी ओर देखा और बोला—'यह मेरे जीवन का सबसे क़ीमती और सबसे अलग चित्र है। कलादीर्घाओं में और बाज़ार में शायद इसकी कोई क़ीमत नहीं होगी। मैं इसे कभी बेच भी नहीं सकता।'

'यह चित्र मेरे बेटे का है, जो मेरे मरने के बाद संसार में किसी को कुछ बता नहीं पायेगा। मैं इसी के लिए जीना चाहता हूँ।'

कुछ देर तक उस स्केच को देखने के बाद उसने कहा—'क्योंकि इस चित्र के बिना मैं कोई और चित्र बना नहीं सकता और सच पूछो तो इसको देखे बिना मैं जी भी नहीं सकता...!' इतना कहकर बहुत अजब तरीक़े से वह हँसा—'तुमने बचपन में माँ या नानी—दादी से वह कहानी ज़रूर सुनी होगी, जिसमें जंगल में किसी पुराने क़िले के खँडहर में रहने वाले किसी दानव के प्राण, कई समुद्र पार, कई महाद्वीपों से दूर, किसी आइलैंड (द्वीप) के पर्वत की चोटी पर एक पिंजड़े में क़ैद तोते के भीतर रहते थे...

जिसे हर बार कोई राजकुमार उसके खँडहर में आकर, उस तोते की गर्दन मरोड़ जाता था और उसकी बेटी को लेकर चला जाता था...मेरी जान भी समझ लो, ठीक उस अभागे दानव की तरह, इस चित्र में है!'

रात के डेढ़ बज चुके थे। बाहर कोई शोर नहीं रह गया था। शहर का ट्रैफ़िक सो चुका था। स्टूडियो में सिर्फ़ हमारी साँसों की आवाज़ें रह गयी थीं।

हमने जितनी शराब पी थी और जितनी प्रार्थनाएँ की थीं...और जितने गाने गाये थे उन सबकी खुमारी अभी बाक़ी थी। हम दोनों की आँखें अभी तक सूख नहीं पायी थीं।

उसने मेरी ओर देखा। उसकी आँखें लाल थीं।

उसने वह चित्र मुझे देते हुए कहा—'इसे ले जाओ। लेकिन जैसा यह है, उसे इसी तरह लौटाना। इसे कोई नुकसान न पहुँचे...तुम समझ रहे हो न?' उसकी आँखों में तैरती आशंका को मैं साफ़—साफ़ देख सकता था।

एक पल को लगा, मुझे उस चित्र को सौंपते हुए वह मुझसे अपने प्राणों की भीख माँग रहा है।

वहाँ से चलने के पहले मुझे उसका एक वाक्य और सुनाई पड़ा था। या शायद दुख और शराब के नशे में मुझे ऐसा लगा हो। वह वाक्य भी बीमार और बुख़ार में डूबा लग रहा था—

'उस क़िले के प्राचीन खँडहर में रहने वाले अभागे दानव की बेटी तक उसकी सगी नहीं हुई। कितना अकेला था वह! है न?'

सच पूछें तो मैं ख़ुद भी उस बीते समय से लौटना नहीं चाहता था। मैं चाहता था कि मैं वहीं रह जाऊँ, जहाँ मेरा वह दोस्त चित्रकार मिट्टी और फूलों से रंग इकट्ठा करता हुआ कुछ अलग तरह के चित्र बनाना चाहता था। उस समय में जहाँ किंडूरी की पहाड़ियों की तलहटी में, एक सबसे अलग, अपनी प्रजाति का अन्तिम पौधा, अपनी जड़ों और आसपास की ज़मीन में फैल रहे कैंसर से जी—जान से जूझ रहा था। जीवित रहने की विकट लड़ाई। बुख़ार, सन्निपात, निर्बलता के बीच...छूटती—टूटती साँसों की अजब जिजीविषा, अपने आसन्न पराजय को हर पल, हर सेकेंड अस्वीकृत करती हुई।

मैं अगर उसी समय में जाता तो अब तक उस कवि की हत्या भी ठेकेदार के हाथों नहीं हुई होती, जो तीस साल पहले, पान की

गुमटी के पास, एक अलग–सा नीला कोट पहने मुझे मिला था और जिसने मुझे अपना वह कविता संग्रह दिया था, जिसके शीर्षक के पीछे से बुख़ार में डूबा एक ऐसा शब्द झाँक रहा था, जिसका अर्थ 'अन्तिम' या 'आख़िर' जैसा कुछ था।

उस रात, जब डेढ़ या दो बज रहे होंगे, और चित्रकार ने जब मेरी कविताओं के पहले संग्रह के आवरण के लिए मुझे फ्रेम में जड़ा चित्र सौंपा था, तो एक–दूसरे से विदा लेने के पहले हम दोनों एक–दूसरे के गले मिलकर ख़ूब रोये थे।

मैं अच्छी तरह से जानता था कि हम सब एक–दूसरे के लिए किस हद तक चिन्तित और अनिवार्य थे। और एक–दूसरे को किस हद तक चाहते थे।

शायद हम उस बीमार पौधे और शीर्षक के पीछे से झाँकते, बुख़ार में डूबे शब्द या पुरानी लोककथा के जंगल में, किसी प्राचीन क़िले के खँडहर में रहे अभागे दानव की तरह... किसी भी तरह आने वाले समय में जीवित रहे आना चाहते थे।

मैं उस चित्र को लेकर जब शहर की पुरानी बस्ती की चाट–पकौड़ी वाली सबसे सँकरी गली में प्रकाशन की दुकान में पहुँचा तो उस रोज़ वह ब्रेड पकौड़ा नहीं, बीकानेरी समोसा खा रहा था। उसने मुझसे भी समोसा खाने के लिए कहा, लेकिन मैंने मना कर दिया।

उन दिनों मैं बहुत ग़रीबी में, दक्षिणी दिल्ली के बेरसराय मोहल्ले में, भैंस के एक कटरे में, अपने परिवार के साथ रहता था। मुझे यह ठीक भी नहीं लगता था कि घर में मेरे बच्चे और पत्नी भूखे बैठे हों और मैं प्रकाशक की दुकान में बैठ कर बीकानेरी समोसे खाऊँ।

मैंने वह चित्र सामने की मेज़ पर रखा। समोसे वाली प्लेट के ठीक बगल में।

प्रकाशक वाश–बेसिन में कुल्ला करके, तौलिये से हाथ और मुँह पोंछता हुआ कुर्सी पर बैठते हुए बोला–'हूँ...! लेकिन ये तो स्केच है? सिर्फ़ काले और सफ़ेद में।'

उसकी आवाज़ में निराशा और खीझ थी।

'मैंने तो शानदार 'कवर' के बारे में सोचा था। रंगीन। याद होगा आपको। मैं तो उस पुलिसवाले से भी बेहतर आपका प्रोडक्शन चाहता था। आपकी कविताएँ, समझिए मैं नॉनस्टॉप पढ़ गया। एक साँस में।' कुछ देर तक उस स्केच को देखते रहने के बाद उसने कहा–'बिक्री के लिहाज़ से भी ये बहुत डल बनेगा। ...क्या आपके कविता संग्रह के आवरण के लिए ये चित्र ज़रूरी है?'

'हाँ,' मैंने बहुत ठण्डी आवाज़ में कहा। 'ऐसा ही समझ लीजिए।'

'आपने चेक जमा कर दिया था क्या?' उसने अचानक पूछा।

'कौन–सा चेक?' मैं सचमुच उस चेक की बावत भूल चुका था।

'जो मैंने उस दिन एडवांस रॉयल्टी आपको दिया था। साढ़े सात सौ का!' उसकी आवाज़ में तल्ख़ी थी।

'जमा तो कर दिया लेकिन ढाई सौ छोड़ कर बाक़ी रुपये बैंक अकाउंट खोलने में लग गये। ...लेकिन उसकी कोई बात नहीं!' मैंने उससे कहा।

'यानी, आप मुझे यह समझाना चाहते हैं कि अभी तक आपका कोई बैंक अकाउंट ही नहीं था? ...और आप दिल्ली में इतने दिनों से अपने पूरे परिवार के साथ रह रहे हैं? बल्कि आपके बच्चे भी हैं।' उसकी आवाज़ में ग़ुस्सा और व्यंग्य दोनों था।

'मेरे बच्चों को छोड़िए। ...उस पुलिस वाले के कविता संग्रह का क्या हुआ? बारह सौ बाइस प्रतियाँ बिकीं?'

प्रकाशक के चेहरे पर ख़ुशी लौट आयी। मुस्कान जो इस बीच नदारद थी, अपनी सारी बारीकियों और रंगों के साथ उसकी आँखों, गालों और होंठों पर फैल गयी।

'क्या बात करते हैं आप? बारह सौ बाइस? अब तक छह हज़ार प्रतियाँ जा चुकी हैं। चार बार प्रिंट ऑर्डर देना पड़ा। राजभाषा विभाग, ग्रन्थ अकादमी, तेरह केन्द्रीय विश्वविद्यालय, रेलवे बोर्ड, अड़तालीस लाइब्रेरीज़...! चार भाषाओं में उसका अनुवाद हो रहा है। होम मिनिस्टर और गवर्नर ने विमोचन किया। कोई अख़बार ऐसा नहीं, जहाँ उसकी रिव्यू नहीं आयी।'

अचानक उसकी आवाज़ में व्यंग्य फिर वापस आया–'और एक ये आपका संग्रह? फिर ऐसा आवरण? पाँच सौ प्रतियाँ निकालने में पाँच साल लग जायेंगे हमें। वो तो समझो...जैसे लक्ष्मी–गणेश के सामने हम अगरबत्ती जला देते हैं, ऐसे ही आप जैसों का संग्रह छाप देते हैं। ...ये चैरिटी है, बिजनेस नहीं...समझे आप!'

मैं जब वहाँ से लौट रहा था तो मैंने ज़ोर देकर पाँचवीं बार उससे कहा–'सरावगी जी, किसी भी तरह इस चित्र को कोई नुक़सान नहीं पहुँचना चाहिए। ...इसकी कॉपी कराके आप मुझे ज़ल्द लौटा दें। फ़ोन कर दें, मैं आकर ले जाऊँगा।'

'ठीक है...ठीक है! कितनी बार कहोगे यार!' प्रकाशक ने झुँझलाते हुए कहा।

यह घटना भी तभी की है। आप लिपियों और उनके तिरछे हो जाने से जान ही गये होंगे। दिन–हफ़्ते–महीने बीतते रहे। मेरा संग्रह छप गया। उसे समकालीन कविता का एक ग्यारह सौ रुपये वाला 'प्रतिष्ठित' पुरस्कार भी मिल गया। हालाँकि मैं खोज नौकरी रहा था, जो कहीं नहीं मिलती थी।

जब चित्रकार दोस्त को मैने संग्रह दिया तो वह बहुत ख़ुश हुआ था। हम दोनों ने उस रात उस किताब का जश्न मनाया। गाने गाये, शराब पी और खरोड़े खाकर सारी रात दिल्ली की सड़कों पर स्कूटर पर घूमते रहे।

मैं जब–जब प्रकाशक से वह चित्र माँगता, जो मैंने उसे दिया था, वह अगले हफ़्ते या अगले महीने का वायदा कर लेता। कभी कहता कि वह गोदाम में पड़ा है। कभी बतलाता कि वह आर्टिस्ट के पास है और वह अभी छुट्टी पर गया है।

मैं चिन्तित हो रहा था। क्योंकि मेरा चित्रकार दोस्त, मुझसे बार–बार वह चित्र वापस माँगता। कई बार देर रात गये उसका परेशान–सा फ़ोन आता कि वह न तो कोई नया चित्र बना पा रहा है, न उसका दिल कहीं लगता है।

उस रात बिजली चली गयी थी। शायद हमारे इलाक़े का कोई ट्रांसफार्मर जल गया था। गाढ़े अन्धकार में गर्मी और उमस थी। आधी से भी अधिक रात बीत चुकी थी, जब टेलिफ़ोन की घण्टी बजी।

दूसरे छोर से दोस्त चित्रकार की आवाज़ आ रही थी–

'किंडूरी की पहाड़ियों की तलहटी में जिस जल–जमनी का पौधा हमने देखा था, जो कैंसर से अकेला लड़ रहा था। कल उसकी मृत्यु हो गयी। वह सूख चुका था। उसे दर्द बहुत रहता था। बुख़ार उतरता ही नहीं था।...'

उसकी गहरी साँस मुझे फ़ोन पर सुनाई पड़ी। जैसे वह किसी यन्त्रणा से मुक्त हुआ हो। छुटकारे की साँस।

'चलो, अच्छा हुआ। आज़ाद हुआ वह। ...लेकिन अब पता नहीं, इस धरती पर वैसा कोई दूसरा पौधा है भी या नहीं। ...लेकिन सुनो...! कैंसर या जो भी संक्रामक रोग है...वह फैल रहा है। मैंने किंडूरी की पहाड़ियों के आसपास पायी जाने वाली मिट्टी से रंग इकट्ठे करने चाहे थे न? काले, पीले, गेरुए, लाल, सफ़ेद, कत्थई रंग...! मैंने पाया है कि उन सब रंगों में संक्रमण हो चुका है। ...वे बीमार हैं...और जीवित रहने के लिए वे प्राणपण के साथ लड़ रहे हैं....!'

बहुत देर तक मैं उसकी साँसों का चलना टेलिफ़ोन के इस छोर पर सुनता रहा। उधर कोई बेचैन–सी ख़ामोशी थी, जिसकी आहट मुझे मिल रही थी। ...आख़िर वह बोला–'मैं बार–बार नहीं कहना चाहता। लेकिन तुम जैसे भी हो...उस प्रकाशक से मेरा स्केच हासिल करो। ...मैं इन दिनों कुछ नहीं कर पा रहा हूँ। कैनवस की मूल आकृतियों को तो छोड़ो, मैं तो पृष्ठभूमि को भी नहीं रँग पाता। ...जैसे ही ब्रश उठाता हूँ...बस सामने की दीवार दिखाई देने लगती है। ...वह जगह डरावने ढंग से खाली है, जहाँ वह था। जैसे कोई ऐसा भयावह आकाश, जिसमें एक भी नक्षत्र न बचा हो...

इन दिनों मेरे सपने में बस वही बार–बार दिखाई देता है...! ...और उसके साथ वह पौधा...और मिट्टी के बीमार रंग...'

उसकी साँसें उठ–गिर रही हैं। क्या उसे भी संक्रमण हो रहा है?

मैं डरा हुआ हूँ।

पत्नी कहती है, बाहर किसी के चलने की आवाज़ आ रही है।

'कौन...? ...कौन है?' मैं चीख़ता हूँ।

बाहर की दुनिया थी, जो बहुत तेज़ी से बदल रही थी। जहाँ मैं रहता था, उसके आसपास उन्नीस शॉपिंग मॉल्स बन गये थे। मल्टी–प्लेक्सेज़, एड–लैब्स का आइमेक्स, फोर–डी वंडरवर्ल्ड, स्काइस्क्रेपर्स...। मेट्रो रेल चलने लगी थी।

इतना बड़ा बाज़ार आ गया था, चारों ओर, और वह फैलता जा रहा था। उसकी सीमाएँ कहीं नहीं थीं। वह अनहद था।

लेकिन ऐसी घटनाएँ भी इन दिनों घटने लगी थीं, जिनके बारे में पहले सोचना तक मुमकिन नहीं था। जहाँ मैं रहता था, उससे बस दो–ढाई किलोमीटर दूर, एक बड़ी कोठी में रहने वाला एक अमीर–ऐय्याश अपने नौकर के साथ मिलकर आसपास झुग्गियों में रहने वाले ग़रीबों के नन्हे–नन्हे बच्चों और बच्चियों से बलात्कार करने के बाद उनके गोश्त का कबाब बनाकर खाने लगा था। शहर के दक्षिणी हिस्से में एक ऐसा अस्पताल था, जिसमें लोगों को, जिनमें ज़्यादातर ग़रीब होते थे, बेहोश करके उनके गुर्दे निकालकर अमीरों के लगा दिया जाता था।

मोबाइल आ चुका था। प्लाज़्मा टीवी और एल.सी.डी. मॉनीटर आ गये थे। लैपटॉप और आइपॉड को आये अर्सा गुज़र चुका था।

हिंसा समुद्र की तरह या आकाश की तरह, चारों ओर थी। चुने हुए लोगों के घर रुपया बरसने लगा था। फोर्ब्स की सूची में मेरे देश के दस लोग दुनिया के सबसे अमीर खरबपतियों में शामिल हो गये थे।

यह बहुत पुरानी बात नहीं है। तीन–चार साल ही हुए होंगे। उस कवि की हत्या हुए दस–बारह साल बीत चुके थे, जो पान की गुमटी के पास, अलग–से नीले रंग का कोट पहने, बीड़ी का बण्डल ख़रीदते हुए मिला था और जिसने अपना कविता संग्रह मुझे दिया था, जिसके शीर्षक के पीछे से बुख़ार में डूबा वह शब्द झाँक रहा था, जिसका अर्थ 'अन्तिम' या 'आख़िर' जैसा कुछ थ।

जिस कवि के सारे अंग, एक–एक कर काटने के बाद उसके सिर को ठेकेदार ने धड़ से अलग किया था और थाने के फाटक के पास फेंककर चिल्लाया था–'देख लो सब लोग। अब वक़्त बदल चुका है। जो भी ठेकों का विरोध करेगा, उसका यही हाल होगा।'

ऐसा कहकर, आज से कई साल पहले वह इमली की चटनी और समोसा खाने चला गया था।

मैं कई बार उस प्रकाशक की दुकान में जा चुका था। वह हर बात चित्र लौटाने की बात को आगे खिसका देता था। अब वह ब्रेड पकौड़ा, पुदीने की चटनी या बीकानेरी समोसे खाता नहीं मिलता था। कभी वह डॉमिनोज़ का पीज्जा, कभी केंटुकी चिकेन, कभी कोई

मेक्सिकन या इटालियन व्यंजन खाता दिखता। मेरे हुलिये से वह बेचैन होने लगता। उसके चेहरे की मुस्कान गायब हो जाती और वहाँ परेशानी की लकीरें पैदा हो जातीं।

कुछ बाद में उसने अपनी दुकान के रिसेप्शन पर और फाटक पर दरबान को बोल दिया था कि मुझे बाहर से ही लौटा दिया जाये। उसकी हिन्दुस्तान में चार सौ दुकानें खुल चुकी थीं। वह भी तीस साल पहले वाले टेरीकॉट की पतलून पहनने वाले उजाड़ से आदमी की तरह ओमेगा की डिज़ाइंड डायमंड रिस्टवाच पहनने लगा था। मैं अक्सर उसकी रंगीन तस्वीरें अख़बारों में देखता था, जिसमें वह कभी उपराष्ट्रपति, कभी किसी मन्त्री या कॉर्पोरेट किंग के साथ किताबों के विमोचन समारोह में महत्त्वपूर्ण आलोचकों, विद्वानों, अफ़सरों और कवियों से घिरा किसी हरे–भरे पेड़ की तरह मुस्कुराता दिखता था।

जिस भाषा में मैं लिखता था, उसमें ऐसे लेखक बहुत बड़ी संख्या में आ गये थे, जिनकी कारों में लाल–पीली बत्तियाँ लगी होती थीं। वे सरकार द्वारा सत्तावान बना दिये गये थे।

मेरे चित्रकार दोस्त का फ़ोन कभी–कभी अब भी आता था। रात में उसकी साँसों का उठना–गिरना और उसकी ख़ामोशी अक्सर दूसरे सिरे पर सुनाई देती रहती।

हर ग़रीब और कमज़ोर आदमी अपने घर और ज़मीन से बेदख़ल हो रहा था। गाँवों में, जहाँ किसान और खेतिहर रहते थे, वहाँ विधवाओं की संख्या बहुत बढ़ गयी थी। गाँव छोड़कर लोग पता नहीं कहाँ भाग रहे थे।

'अगले हफ़्ते 'आदिवर्ण' कलादीर्घा में मेरा एकल रिस्ट्रोस्पेक्शन है। तुम्हें ज़रूर आना है।' आधी रात चित्रकार दोस्त का फ़ोन आया। बहुत देर तक उसकी साँसें दूसरे छोर पर चलती रहीं। मैं डर रहा था। लेकिन डरने से क्या होता है?

'देखो, एक बार फिर कोशिश करके देखो। ...तुम समझ सकते हो!' उसकी आवाज़ बहुत कमज़ोर थी। इतनी कि मुझे लगा कभी भी उसकी साँसें उखड़ सकती है।'

मेरी अपनी साँसों का भी हाल ऐसा ही था।

'मेरे चित्रों की इंटरनेशनल मार्केट रेटिंग हुई है। पेरिस और न्यूयॉर्क में! ...उस जल–जमनी के जो चार चित्र मैंने मिट्टी और फूलों–पत्तियों के रंग से बनाये थे...उनके ऑक्शन की प्रीमियम ही ढाई करोड़ से ऊपर की है। ...मेरी समस्या समझो। यह सिर्फ़ इमोशनल मामला नहीं है। ...बाज़ार मौक़े दे रहा है। इसमें हमारे दुखों का भी दाम है...।

वह हाँफ रहा था। उसकी आवाज़ में व्याकुलता थी।

'तुमने भी बहुत झेला है। ...तुम्हारी कविताएँ भी अब बिकेंगी। ...मुझे मेरे चित्र अब किसी दूसरी जगह ले जायेंगे। यहाँ जैसी हालत हो रही है, उसमें हमारा यहाँ रह पाना मुश्किल होता जायेगा। ...तुम भी यहाँ नहीं जीवित रह पाओगे।'

कुछ देर चुप रहने के बाद उसने कहा–'मेरी दिक्क़त यह है कि मैं उस स्केच के बिना वैसी पेंटिंग्स नहीं कर पाता, जैसी मैं चाहता हूँ। ...कोशिश करो...उस प्रकाशक के मुँह पर हम रुपये दे मारेंगे!'

मैं अगले ही दिन चित्र लेने गया। दरवाज़े पर गार्ड ने मुझे रोका। मेरा और मेरे झोले का सिक्योरिटी चेक किया। अन्दर रिसेप्शन पर दो घण्टे तक किसी मवाली की तरह बैठा रहा। मैं जानता था कि वह प्रकाशक मुझे फिर टालेगा।

मैंने सबसे पहले उसके चेम्बर के शीशे तोड़े। वह अन्दर तीन–चार चमकदार लोगों से घिरा था। इनमें से कई अफ़सर और उनके चापलूस थे, जो सबके सब कवि बने हुए थे।

इसके बाद सिर्फ़ कोहरा है। मुझे फिर समय में पीछे जाना पड़ेगा, जहाँ चेहरे टेढ़े और लिपियाँ तिरछी हो जाती हैं। वस्तुएँ और घटनाएँ अपना आकार और प्रकार खो देती हैं।

मैं सचमुच नहीं जानता कि उसके बाद क्या हुआ। मेरी आँखों के सामने कोई घना कोहरा छा गया। लगा कि कोई भूकम्प आया है और आतंकवादी हमला वहाँ हुआ है। ऐसे वारदात इन दिनों बहुत होने लगे थे। निश्चित ही यह नौ/ग्यारह के बाद की घटना है।

बस एक विस्फोट की आवाज़ मुझे आख़िर में सुनाई पड़ी थी।

यह मैं ठीक–ठीक नहीं कह सकता कि वह आवाज़ मेरे भीतर से आयी थी, या धमाका बाहर कहीं हुआ था।

आँखें खुलीं तो मैं अस्पताल में था। पत्नी और बेटे बैठे हुए थे। पता चला था कि मुझ पर एफ.आई.आर. दर्ज है। मेरी जमानत की सुनवाई कल है।

मैं जमानत पर छूट गया और 'आदिवर्ण' कलादीर्घा में अपने दोस्त के रिट्रोस्पेक्शन में गया। वह एक बहुत सफल प्रदर्शनी थी। लगभग सारे प्रमुख कला समीक्षक, पत्रकार और कला–संग्राहक वहाँ आये हुए थे। कई वी.आई.पी. भी थे। सारा मीडिया मौजूद था।

लेकिन वहाँ वह नहीं था। कहीं भी।

मेरा दोस्त। चित्रकार। वह जो मुझे बेतहाशा प्यार करता था, ठीक उस अलग प्रजाति के अन्तिम पौधे की तरह, जिसे कैंसर था और जो किंडूरी की पहाड़ियों की तलहटी में मर चुका था।

'आदिवर्ण' कलादीर्घा की दीवार पर, जहाँ उसके सारे चित्र अलग–अलग शीर्षक और क़ीमत के साथ टँगे थे और हर चित्र पर एक अलग 'स्पॉट लाइट' थी, उसी दीवार के ठीक बीचोबीच एक चौकोर–सी जगह डरावने ढंग से खाली छोड़ दी गयी थी।

वहाँ सिर्फ़ शून्य था, जिसके ऊपर एक धुँधली रोशनी का वृत्त गिर रहा था। नीचे शीर्षक के साथ, कागज़ की पट्टी पर लिखा हुआ था–

'चाइल्ड एंड हिज़ पोस्थ्युमस फ्यूचर'

'पेंटिंग मिसिंग'

पता चला, पिछली रात मेरा दोस्त चित्रकार, इसी खाली जगह के लिए एक बच्चे का स्केच बना रहा था, जब उसे 'ब्रेन हेमरेज' हुआ। वह 'अपोलो' के आई.सी.यू. में बेहोश पड़ा है। 'कोमा' में।

ऐसा ही होता है, जब कोई बीमार शब्द, पौधा या आदमी किसी संक्रमित समय में पीछे की ओर, उल्टी दिशा में चलना चाहता है। ऐसे में सब कुछ इटेलिक्स में तिरछा और टेढ़ा हो जाता है। चीज़ें अपना आकार और प्रकार खो देती हैं।

उस रोज़ आख़िर उसने हार मान ली होगी। उसे लग गया होगा कि अब प्रकाशक की दुकान या गोदाम से मैं उस स्केच को वापस हासिल नहीं कर पाऊँगा। वह अचानक रात में बेचैन हो उठा होगा। उसने स्टूडियो में अपने ईज़ल के सामने की दीवार को देखा होगा। वहाँ वह डरावनी

खाली जगह थी, जो पहले उस डरे हुए सात–आठ साल के बच्चे के स्केच से ढँकी रहती थी और अब जिसकी प्रतिलिपि मेरे कविता संग्रह के आवरण पर थी।

उसने ईज़ल पर खाली सफ़ेद कागज़ चढ़ाया होगा। अपना स्केच पेन निकाला होगा और कुछ रेखाएँ खींची होंगी।

बस यही वह बिन्दु या पल है, जहाँ से सब कुछ विनष्ट होना शुरू होता है।

वह बच्चा, जिसका स्केच उसने पाँच–छह साल पहले बनाया था, वह बच्चा अब पाँच–छह साल बड़ा हो चुका होगा। उसने उसका पुराना डरा हुआ चेहरा याद करने की कोशिश की होगी, कुछ इस तरह कि उसकी स्मृति से प्रत्यावर्तित होकर वह इमेज उसके मस्तिष्क के रेटिना तक पहुँच जाय। लेकिन ऐसा करने के लिए उसे अपने समय में पाँच–छह साल पीछे की ओर चलना पड़ा होगा।

...और ऐसा करते हुए वह तिरछा और टेढ़ा–मेढ़ा होने लगा होगा। वह इटेलिक्स में बदलने लगा होगा। उसके शरीर के हर अंग तिरछे होने लगे होंगे। उसके गुर्दे, लीवर...उसकी शिराएँ और धमनियाँ, उसका हृदय. ..और बहता हुआ रक्त। फिर अन्त में उसका मस्तिष्क और वहाँ मौजूद सारी स्मृतियाँ...

...अचानक उसका चेहरा किसी कमज़ोर नाजुक आईने के कई टुकड़ों में तिड़क गया होगा। कोई हल्की–सी आवाज़ भी वहाँ पैदा हुई होगी, जिसे कोमा में जाने के ठीक पहले उसने सुना होगा।

उसके द्वारा सुनी गयी वह आख़िरी आवाज़ रही होगी।

मेरे साथ भी यह हो सकता है। कभी–भी। इसीलिए मैं भी यहाँ से चल देना चाहता हूँ। मैं माइग्रेशन के लिए संसार के तमाम देशों में प्रार्थनापत्र भेजूँगा।

लेकिन मेरा यहाँ से जाना वैसा नहीं होगा, जैसा किसी एन.आर.आई. या किसी कॉलसेंटर या किसी एम.एन.सी. का जाना होता है। यह जाना वैसा भी नहीं होगा जैसा विजय माल्या आई.पी.एल. की क्रिकेट टीम लेकर दक्षिण अफ्रीका या इंग्लैंड चला जाता है। यह जाना वैसा होगा जैसे कोई अश्वत्थ वृक्ष–पीपल, प्लाक्ष या बरगद धरती में दूर–दूर तक, दसों दिशाओं में फैली अपनी जड़ें समेट ले और कहीं और चल दे...।

...या जैसे गंगा या यमुना, अपने उद्गम से, अपना सारा जल और सारे स्रोत समेट लें और जीवित रहने के लिए कहीं और चल दें।

मैं अपने सारे असबाब...सारा सामान अब समेट रहा हूँ। मैं अब इटेलिक्स में तिरछा नहीं होना चाहता।

इस घटना को तीन साल हो गये। मेरा दोस्त अभी तक 'अपोलो' में है। वह इस वक़्त भी 'कोमा' में है। 'वेंटिलेटर्स' की मदद से उसके फेफड़े चल रहे हैं और उसका दिल धड़क रहा है। मशीनों की वजह से उसकी धमनियों और शिराओं में रक्त दौड़ रहा है।

डॉक्टर कहते हैं, उसे तब तक इसी तरह रहना पड़ेगा, जब तक उसके मस्तिष्क की मृत्यु नहीं होती।

लेकिन इस दुनिया में मैं अकेला ऐसा हूँ, जो यह जानता है कि अगर मुझे प्रकाशक के गोदाम या दुकान से वह खोया हुआ 'स्केच' मिल जाये और मैं तीन साल से 'कोमा' में पड़े अपने दोस्त के कान में फुसफुसाकर यह ख़बर दूँ, तो वह अभी भी वापस जीवन में लौट सकता है।

यही वह सम्भावना है, जो हमारे समय में अब तक किसी कदर बची हुई है।

— 'पूर्वग्रह', प्रधान संपादक : प्रभाकर क्षेत्रिय, अप्रैल–जून, 2009 में प्रकाशित'

अन्धा

कौन कहता है कि सोचने से कुछ नहीं होता?

कुछ घटनाएँ ऐसी हैं और कुछ क़िस्से ऐसे हैं, जिनसे पता चलता है कि सोचना या विचार करना अकर्मण्य या निठल्ला हो जाना नहीं होता। सोचने से कुछ–न–कुछ तो होता है।

जब मैं स्कूल में पढ़ता था, तब मेरे दोस्त ने एक क़िस्सा सुनाया था। क़िस्सा यों है–

एक अन्धा था। उसका जन्म ही अन्धेपन के साथ हुआ था। जन्मान्ध। वह कुछ देखता नहीं था, बस ध्वनियों को सुना करता था, चीज़ों को छूता–टटोलता था।

और उसे सारी दुनिया तरह–तरह के गन्ध–सुगन्ध, ख़ुशबू–बदबू से भरी हुई लगती थी। चारों ओर फैली हवाओं को वह अपनी साँस और अपनी त्वचा से जानता था। साँस से गन्ध और त्वचा से उनका ताप।

जितनी ही उस अन्धे की उम्र बढ़ती गयी, उतना ही वह अकेला होता चला गया।

जो उसकी उम्र के लोग थे, वे धीरे–धीरे कहीं और चले गये। वे दूसरे शहरों में बस गये। और जो उससे बड़ी उम्र के थे, जिनमें माता–पिता, दादा–दादी, मौसी–बुआ, चाचा–ताऊ, ताई–चाची जैसे कई सम्बन्धी शामिल थे, धीरे–धीरे वे सब मरते गये। अपने अन्धेपन के साथ वह बूढ़ा होता चला गया।

अब वह अकेला, घर के पिछवाड़े एक बहुत पुराने, सूखे हुए पेड़ के तने पर अपनी पीठ टिकाये दिन–रात बैठा रहता और कुछ सोचता रहता। रात में जब सोता तो उसे कई तरह के सपने आते।

ये सपने उन लोगों के सपनों से बिल्कुल अलग होते थे, जिनकी आँखें थीं और जो देखी गयी चीज़ों के सपने ही देखा करते थे।

वह जो सोचता या छूता या सूँघता, वही अनुभव उसके सपनों को बनाया करते। यही कारण था कि वह अधिक सपने देखने के लिए बड़ी व्यग्रता के साथ हर उस चीज़ को छूता, टटोलता, जो उसके आसपास होती। बार–बार गहरी साँसें लेकर वह हवा को सूँघने की कोशिश करता। उसकी ये हरकतें दूसरे लोगों में उसे अलग और अस्वाभाविक बनातीं। लोग उसे आश्चर्य, उदासीनता और ग़ुस्से से देखते। वे लोग यह न समझ पाते कि वह ऐसा अपने सपनों को तरह–तरह की चीज़ों से और अधिक भरने के लिए करता है।

वह शहर भी अब पहले से जितना बड़ा होता गया, उतना ही लोगों के पास काम बढ़ते गये और उनके पास समय कम होता गया।

उस अन्धे के पास भला कौन आता और उसकी अजीबोग़रीब बातें सुनता? इतनी फ़ुर्सत ही किसके पास थी? अगर लोगों को फ़ुर्सत भी कभी मिलती, तो उसे वे अपने मनोरंजन के लिए ख़र्च करते। यह उनका अपना समय था, उसे अन्धे के पास बर्बाद करने की बात कौन सोचता।

वह अकेले से ज़्यादा अकेला, अलग से ज़्यादा अलग होता चला गया।

शहर के लोगों के लिए वह अब सिर्फ़ 'अन्धा' भर नहीं रह गया था क्योंकि शहर में कुछ और भी अन्धे थे। उनमें से कुछ ऐसे थे जिनकी आँखों की रोशनी उम्र के कारण, किसी रोग के कारण या किसी दुर्घटना के कारण चली गयी थी। वह इनसे अलग था इसलिए सिर्फ़ 'अन्धा' कहने से उसे अलग से नहीं पहचाना जा सकता था।

यही वजह थी कि लोग अब 'मनहूस अन्धा' या 'खडूस अन्धा' के नाम से उसका ज़िक्र करते थे, इसी के ज़रिये उसकी ख़ास पहचान बनती थी।

लेकिन वह कभी–कभी रात में कुछ गाया करता था। गाने की आवाज़ कभी धीमी और बहुत धीमी और कभी ऊँची और बहुत ऊँची होती।

यहाँ भी एक समस्या थी। उसका गला कुछ अलग ही था। जन्म के साथ जैसे उसकी आँखों में रोशनी नहीं थी, उसी तरह शायद उसके कण्ठ और स्वरयन्त्र में भी कुछ/कोई कमी रह गयी थी।

उसका गाना एक अलग ध्वनि और सुर में होता। विचित्र–सी आवाज़ होती, जिसमें शब्द भी अजीब और कई बार अपरिचित होते। उनका कोई क्रम, संगति, विन्यास या व्याकरण न होता।

अलग सुर और आवाज़ में अजीबोग़रीब बन्दिशों का उसका गाना उन लोगों को, जो उधर की गली से देर शाम या रात में गुज़रते, उन्हें कुछ रुककर अटकल लगाने को विवश करता। वे यह समझने की कोशिश करते कि इस खडूस अन्धे की बन्दिशों का क्या मतलब है। उन्हें लगता कि इस मनहूस अन्धे के गाने ने उनके दिमाग़ में कुछ चुभने वाले कंकड़ डाल दिये हैं। उन्हें बेचैनी और चिढ़ एक साथ होती। वे अन्धे को और नापसन्द करते।

उस अन्धे का उस शहर में होना और ख़ासतौर पर उसका गाना, किसी अबूझ पहेली जैसा होता गया, जिसका अर्थ लोगबाग यों ही लगाने लगते। यह कई लोगों के वक़्त–काटने का सबब बनता गया। कोई ऐसी गुत्थी जिसे सुलझाने का खेल लोग बिना जाने, कभी अकेले और कभी आपस में खेलने लगते।

इस तरह कई साल बीते।

इस बीच शहर के कई राजा मरे और कई राजा जन्मे। कई गये और कई आये।

अन्धा अपने घर के पिछवाड़े उसी सूखे पेड़ के तने पर अपनी पीठ टिकाये अकेला बैठा रहता और रात में कभी–कभी गाया करता। उस गली से देर शाम या रात में गुज़रते लोग उसके गाने को उसी चिढ़ और कौतूहल के साथ सुनते और अटकल लगाने का खेल कभी अकेले और कभी आपस में खेलते।

फिर एक दिन वह आया जो इस क़िस्से का सबसे अहम हिस्सा है।

शहर में उस रोज़ सारे लोग एक साथ एक जगह पर इकट्ठे हो गये। जैसे शहर की सारी मधुमक्खियाँ किसी एक ढेले पर आकर जमा हो गयी हों। ऐसी भीड़ शहर में कभी नहीं देखी गयी थी। कुछ लोग जो बहुत बूढ़े हो चुके थे, उनका कहना था कि कई साल पहले जब

आकाश में आठ गृह एक साथ इकट्ठा हो गये थे और ज्योतिषियों ने कहा था कि अब दुनिया ख़त्म हो जायेगी, और तब एक साथ मरने के लिए समूचे शहर के लोग इसी जगह इकट्ठा हो गये थे, उस दिन भी ऐसी भीड़ नहीं थी। हालाँकि, उस अष्टग्रही के बावजूद शहर का एक भी आदमी नहीं मरा था। बस एक बुढ़िया को हल्का–सा जुकाम हुआ था और एक बच्चे को खाँसी आयी थी।

दोपहर होते–होते पता चला कि दूसरे शहरों के लोग भी इसी शहर की ओर चले आ रहे हैं। अन्देशा होने लगा कि अगर इसी तरह लोग आते रहे तो पूरे देश के सारे शहरों के लोग इसी एक जगह इकट्ठा हो जायेंगे और ऐसा हुआ तो यह किसी बड़ी प्राकृतिक आपदा से कम नहीं होगा। बाढ़, तूफ़ान, सुनामी या भूकम्प से अधिक डरावना, क्योंकि यहाँ पानी–पत्थर–हवा–धूल नहीं, मनुष्य इकट्ठा होकर समुद्र बना रहे थे।

शहर में कर्फ़्यू और देश में आपातकाल लगा दिया गया।

चारों ओर, चप्पे–चप्पे पर पुलिस और सैना तैनात हो गयी। ख़ुफ़िया मुखबिर, जासूस सक्रिय हो गये। आसमान से भी निगरानी की जाने लगी।

लेकिन कोई कुछ बता नहीं पा रहा था कि ऐसा क्यों हो रहा है। जो लोग वहाँ इकट्ठा हो गये थे, वे भी नहीं बता पा रहे थे कि वे यहाँ क्यों आ गये हैं? बहुत खोजबीन और पूछताछ की गयी लेकिन कुछ भी पता नहीं चला।

फिर, जैसा होता है कि किसी बड़ी मुसीबत का दोषी कोई सबसे निकम्मा, कमज़ोर और बेकार आदमी माना जाता है, तो यह खोज शुरू हुई कि इस शहर का कौन–सा आदमी सबसे बेकार, कमज़ोर और निकम्मा है।

भला उस खडूस अन्धे के अलावा ऐसा कोई दूसरा कैसे हो सकता था?

अन्धा अपने घर के पिछवाड़े, उस सूखे पेड़ के तने पर अपनी पीठ टिकाये हुए चुपचाप बैठा था, जब सिपाही उसे गिरफ़्तार करके ले गये।

आश्चर्य की बात यह हुई कि जैसे ही उस खडूस अन्धे को वहाँ से ले जाया गया, लोगों की भीड़ छँटने लगी और देखते–ही–देखते

वह जगह खाली हो गयी। लोग अपने–अपने घरों और शहरों को लौट गये।

कहा जाता है कि उस अन्धे के विरुद्ध जो अपराध कायम किये गये और उस पर जो मुक़दमा चला और उसे जो सज़ा दी गयी वह सब कुछ कहीं लिखा हुआ तो नहीं मिलता, उसका कोई काग़ज़ी दस्तावेज़ तो कहीं उपलब्ध नहीं है, लेकिन वह न्यायाधीशों के मस्तिष्क में उस अन्धे के अजीबोग़रीब गाने की बन्दिश और धुनों की तरह कभी–कभी गूँजने लगता है।

इतना क़िस्सा सुनाकर मेरे स्कूल के दोस्त ने मुझसे पूछा था–'जानते हो जज ने अन्धे को क्या सज़ा दी?'

मेरे 'नहीं' कहने पर दोस्त ने बताया–'जज ने उसकी दोनों आँखें फोड़ देने की सज़ा सुनाई थी।'

मेरे बचपन के दिनों का वह दोस्त, जिसने यह क़िस्सा सुनाया था, वह बाद में आध्यात्मिक हो गया था और किसी साधू की तरह जंगल में किसी पेड़ के तने पर अपनी पीठ टिकाये बैठा रहता था।

कभी–कभी जब मैं शहर से अपने गाँव जाता हूँ तो कभी–कभी पास के जंगल में उससे मिलने भी चला जाता हूँ। मैं उसे समझाना चाहता हूँ कि वह सोचना छोड़ दे।

क्योंकि वह यह पहेली कभी नहीं सुलझा पायेगा कि इस कहानी में आख़िर अन्धा कौन है?

और क्या उस मनहूस अन्धे का, सज़ा पाने के बाद, सोचना और सपने देखना छूट गया था?

मैं अपने दोस्त को यही समझाना चाहता हूँ कि ज़्यादा सोचने पर उसे भी सज़ा मिल सकती है।

(पिछले दिनों एक 90 प्रतिशत अपाहिज को, जो हमेशा 'व्हील–चेयर' पर रहता था, उसे एक निचली अदालत द्वारा आजीवन कारावास की सज़ा सुनाये जाने के बाद यह नोट : शायद अब वह किसी जेल के कमरे में अपनी पहियों वाली कुर्सी पर अकेला बैठा रहेगा।)

'पहल' : सम्पादक, ज्ञानरंजन, सह–सम्पादक,
स्व. राजकुमार केसवानी, में प्रकाशित

गुज़श्ता जंग में पैकर जले मगर इस बार,
अजब नहीं कि ये परछाइयाँ भी जल जायें।

— साहिर लुधियानवी

मठाधीश

सबसे पहले तो मैं यह स्पष्ट कर दूँ यह कहानी मैंने अपने उन पाठकों का आभार प्रकट करने के लिए लिखी है, जो हमेशा की तरह इस बार भी किसी छायादार घने वृक्ष की तरह अपनी शीतल वत्सलता और अपनी अदृश्य निकटता के साथ मुझे चारों ओर से घेरे रहे हैं। एक ऐसा कवच बनाते हुए, जिसने मुझे अपने निर्वासन, दण्ड, अन्याय, लाँछना और हताशा के पलों में भी कभी अकेला और वध्य नहीं होने दिया।

दूसरी बात मैं यह भी स्पष्ट करना चाहता हूँ कि यह कहानी मेरी नहीं है। मैं इसे पहली बार नहीं लिख रहा हूँ। किसी और कथाकार की कहानी का या शायद किसी लोककथा का यह पुनर्लेखन है। पुनःपाठ या पुनराख्यान। लेकिन यहाँ, हिन्दी साहित्य के सत्ता समाज की बौद्धिक दशा और राजनीतिक दिशा को देखते हुए, यह भी स्पष्ट करना ज़रूरी है कि किसी अन्य की कथा का ऐसा पुनर्लेखन कोई 'चोरी' या 'अपराध' नहीं है। बीसवीं सदी के मेरे प्रिय और महान कथाकार होर्खे लुइस बोर्खेस ने काफ़्का, पॉल वैलेरी, सॉमरसेट मॉम, ज्याँ काक्त्यु जैसे लेखकों से लेकर पुरानी मिथकगाथाओं, किंवदन्तियों और लोककथाओं का विजयदान देथा की तरह अनेक बार पुनराख्यान या पुनर्लेखन किया है। इस्पानी भाषा के महानतम कथाकार सरवान्तीस के कालजयी उपन्यास दान किहोते (डान क्विगजोट) को फिर से लिखने का स्वप्न बहुत–से कथाकारों ने देखा है। कोशिश भी की है। स्वयं मैं 'बाणभट्ट की आत्मकथा' या 'अनामदास का पोथा' फिर से लिखने की आकांक्षा बरसों से पाले हुए हूँ। हुआ यह था कि पिछले साल आषाढ़

से लेकर क्वार या आधे जून से लेकर आधे अक्टूबर के चार महीने मैं अपने गाँव और वहाँ के आसपास के गाँवों–क़स्बों में भटकता घूमता रहा। वहीं किसी स्थानीय अख़बार या किसी तथाकथित 'कॉरपोरेट राष्ट्रीय अख़बार' के स्थानीय संस्करण में मुझे यह कहानी दिखी थी।

वह छत्तीसगढ़ के किसी छोटे–से क़स्बे की सुबह का वक़्त था, जब कच्ची ईंटों और टीन–टप्पर वाली एक दुकान की बेंच पर औंटाई हुई चाय पीते और तीखी हरी मिर्च की भजिया खाते हुए मैंने उस अख़बार में यह कहानी पढ़ी। बाद में वह अख़बार मैंने उसी लकड़ी के पटरे पर छोड़ दिया था, जिस पर बैठकर मैं चाय पी रहा था और भजिया खा रहा था। चाय बहुत ही अच्छी थी और भजिया पकौड़ियों में हरी मिर्च इतनी तीखी थी कि उस अख़बार में छपी यह कहानी पढ़ते हुए मुझे मुँह से साँस लेनी पड़ रही थी और इस कहानी के सारे शब्द मिर्च के कारण मेरी आँखों से बहते आँसुओं में डबडबा रहे थे और काँप रहे थे। इसलिए उस छोटी–सी दुकान में मैंने एक कप चाय और पी। इस कहानी को पढ़ने के बाद और हरी मिर्च वाली भजिया खाने के बाद उस अख़बार में छपी ख़बरों को पढ़ने की उत्सुकता मेरे अन्दर पूरी तरह ख़त्म हो चुकी थी। इसलि़ए मैंने उस अख़बार को वहीं छोड़ दिया था और बस में बैठकर अपने गाँव, अपने घर लौट आया था।

यह कहानी अपने मौलिक रूप में, अपने मूल कथाकार के नाम के साथ, उस अख़बार में अब भी मौजूद होगी, जिसे उस रोज़, अगस्त की उमस भरी सुबह, छत्तीसगढ़ के एक छोटे से क़स्बे की चाय–भजिया की दुकान के सामने लकड़ी के पटरे पर मैं छोड़ आया था। सम्भव है, वह अख़बार वहाँ अब न हो। उसे तन्दूर सुलगाने के लिए जला दिया गया हो या उस पर भजिया नमकीन रखकर किसी ग्राहक को दे दिया गया हो। यानी बिल्कुल सम्भव है कि वह अख़बार अब कहीं भी न हो। लेकिन वह कहानी तब भी मौजूद है क्योंकि वह मेरी स्मृति में है। यह कहानी उसी कहानी का स्मृति के सहारे पुनर्लेखन है। इसका मूल कथाकार 'आउटलुक' के सम्पादक को पत्र लिखकर अपना नाम–पता बता सकता है और मेरा आभार भी प्राप्त कर सकता है।

तो अब उस कथा में प्रवेश करें, जिसका शीर्षक मैं ऊपर दे चुका हूँ–**मठाधीश**।

वह एक बहुत मरियल, दुबला, दार्शनिक और उदास कुत्ता था। उसका कोई नाम नहीं था, इसलिए सब उसे कुत्ता ही कहते थे। उसी तरह जैसे उस शहर में एक बहुत मरियल, ग़रीब, भूखा, नैतिक और निराशावादी बीमार आदमी रहता था, उसका नाम कोई जानता नहीं था, इसलिए सब उसे **आदमी** कहते थे।

उस कुत्ते के शरीर से अधिकतर रोयें झड़ चुके थे, जिससे जगह–जगह उसकी गुलाबी त्वचा बाहर झलकने लगी थी। त्वचा में बहुत–सी खरोचें और घाव थे, जो ज़्यादातर दूसरे बलशाली और खाये–अघाये कुत्तों के पंजों और दाँतों से बने थे। उसके कुछ पुराने घाव पक रहे थे और नये घावों में से हल्का–हल्का ख़ून रिस रहा था। शायद उसे पीड़ा भी होती रही हो, लेकिन किसी और की पीड़ा। फिर जिसका सम्बन्ध किसी कुत्ते से हो, उसे जानने–समझने वाली सभ्यता का इतिहास के हज़ारों साल पहले ही अन्त हो चुका था।

वह एक छोटा–सा शहर था, जिसमें वह और दूसरे कुत्ते रहते थे। लेकिन शहर मूल रूप से आदमियों के लिए था। बाक़ी और प्राणी, जिनमें कुत्ते, गाय–बैल और सूअर आदि भी शामिल थे, उसमें यों ही रहते थे। वे आदमियों द्वारा छोड़ी–फेंकी गयी चीज़ों और उच्छिष्ट से अपना जीवन चलाते थे।

वह मरियल उदास कुत्ता भी इसी तरह अपना जीवन चलाता था। लेकिन उसके साथ यह समस्या थी कि वह कमज़ोर, संकोची और अहिंसक बहुत था। जब भी वह किसी ऐसी जगह पहुँचता, जहाँ खाने की गुंजाइश होती, तो बाक़ी कुत्ते उसे खदेड़ देते। वे उसे काटने लगते। इतना पीछे पड़ते कि उसे जान बचा पाने में मुश्किल होने लगती। इसलिए धीरे–धीरे उसने ऐसी जगहों पर जाना ही छोड़ दिया, जहाँ खाना तो होता लेकिन बाक़ी कुत्ते भी उपस्थित होते। वह अब अकेला ही रहता। कभी–कभार कार्तिक के महीने में कोई कुतिया उसकी ओर सहानुभूति के साथ देखती, तब उसके भीतर कोई जीवन जैसी ज़रा–सी हलचल होती थी। लेकिन वह अक्सर इतना कमज़ोर

और भूखा होता था कि उदासी और घबराहट में वहाँ से उठ कर कहीं रोटी का टुकड़ा या हड्डी खोजने चल देता।

लेकिन उसकी मुश्किल तब भी ख़त्म नहीं हुई थी। कभी–कभी वह पास के जंगल से कोई हड्डी उठा लाता या कोई आदमी उसकी ओर रोटी का टुकड़ा फेंक देता और जब किसी कोने में वह खाने बैठता तो कोई–न–कोई कुत्ता उसे देख लेता। वह कुत्ता उसे काट कर भगा देता और हड्डी या रोटी ख़ुद खा जाता। हद तो यह थी कि बिल्लियाँ और चूहे तक उसका कौर उससे छीन लेते और वह कुछ न कर पाता। ऐसा अक्सर होता इसलिए वह अक्सर खाली पेट ही रह जाता। इसके बावजूद, सब कुछ से विरक्त हो जाने और सब कुछ को त्याग देने के बाद भी उसकी विपत्तियों का अन्त नहीं हुआ था। उसका अस्तित्व और उसकी उपस्थिति ही उसके लिए विपत्ति बन जाती। वह कहीं से भी गुज़रता, बाक़ी कुत्तों को शक होता कि वह हड्डी या रोटी की खोज में वहाँ से निकल रहा है। वे एक साथ झुण्ड बनाकर उस पर टूट पड़ते। उसे दौड़ा–दौड़ा कर काटते। उसका कमज़ोर शरीर घावों और खरोंचों से भर जाता। वह रोता। कभी–कभी गालियाँ भी देता। किसी तरह मुश्किल से जान बचती।

शहर के किसी मोहल्ले की किसी गली या सड़क से वह गुज़रता तो अपने साथ निरीहता, अकेलेपन, भूख और लाचारी का पर्यावरण बनाता हुआ चलता। शहर की सड़क से गुज़रता वह वंचना का एक चलता फिरता दारुण रूपक था।

एक दिन इसी हाल में वह शहर की किसी गली से गुज़र रहा था। चुपचाप। बिना सिर उठाये। निरीहता और नगण्यता पर्यावरण या परछाईं या प्रभामण्डल की तरह उसके साथ–साथ थीं। कमज़ोरी उसे घेर रही थी। भूख उसकी आँखों की रोशनी छीने ले रही थी।

सामने, बस कुछ ही दूर, एक मोटा–सा खाता–पीता प्रसन्न–सा आदमी अपने घर के बाहर बने चबूतरे पर बैठा हुआ था। उसने उस अभागे मरियल कुत्ते को देखा।

ठीक इसी पल कुत्ते ने भी अपनी आँखें ऊपर उठायीं। दोनों की आँखें मिलीं। कुत्ते और आदमी की आँखें। कुत्ता अपने अनुभवों से

एक पल के करोड़वें हिस्से में किसी की भी आँखें पहचान जाता था। वह डर गया। भागने के लिए वह मुड़ता, इसके पहले ही उस आदमी के हाथ से निशाना साध कर मारा गया ढेला ठीक उसके माथे के बीचोबीच लगा।

कुत्ते का माथा फट गया। वह वहीं लुढ़क गया और विलाप करने लगा। माथे से निकलते ख़ून और आँखों से निकलते आँसुओं में कुत्ते का विलाप करता बदक़िस्मत चेहरा लिथड़ गया था।

आज उसके इस विलाप में उसके अभागे जीवन की सारी व्यथा शामिल थी। उसके रोने की आवाज़ से शहर के हिंसक कुत्ते भी, जो उसे काटते थे और कुछ खाने नहीं देते थे, रोने लगे।

उस दिन, जो इक्कीसवीं सदी के पहले दशक का कोई दिन था, कुत्ते के विलाप में इतनी मार्मिकता और पीड़ा थी कि समूचा ब्रह्माण्ड हिल उठा। ईश्वर बेचैन हो उठे। कलियुग आये इतने युग–संवत्सर बीत चुके थे, आज वह विचलित हुए भी तो एक सड़कछाप, मरियल, भुक्खड़ दर–ब–दर भटकते कुत्ते के विलाप से।

ईश्वर प्रकट हुए। उन्होंने कुत्ते के शरीर पर सान्त्वना का हाथ फेरा, कुछ–कुछ उस तरह जैसे कोलकाता के ग़रीबों, कोढ़ियों, वंचितों के गलते–सड़ते शरीरों पर मदर टेरेसा अपने हाथ फेरती थीं। ईश्वर ने उसके माथे से बहते ख़ून को अपनी कोमल–दैवी हथेलियों से पोंछा और उससे पूछा– *'तुम्हारी यह दशा किसने की? और क्यों?'*

कुत्ता बहुत देर तक सोचता रहा। फिर उसने बहुत निर्बल लेकिन ठण्डी और स्पष्ट आवाज़ में कहा– *'अकारण!'*

फिर उसने सामने चबूतरे पर बैठे उस आदमी की ओर संकेत किया, जिसने उसे पत्थर मारा था। ईश्वर के छूने से कुत्ते की पीड़ा हालाँकि ख़त्म हो चुकी थी, उसके शरीर के घावों से ख़ून और मवाद का रिसना बन्द हो चुका था लेकिन कुत्ते को अब भी पता नहीं था कि उसके सामने इस समय कोई और नहीं, स्वयं ईश्वर मौजूद हैं।

'इस शहर में आप पहले आदमी मिले जिसने मुझे पत्थर नहीं मारा।' कुत्ते ने कृतज्ञता के साथ ईश्वर को देखा।

'तुमने इस कुत्ते को क्यों मारा? इसने तुम्हारा आख़िर क्या बिगाड़ा था?' ईश्वर ने चबूतरे पर बैठे उस आदमी से पूछा, जिसकी ओर कुत्ते ने इशारा किया था।

'बस मार दिया। यों ही। इससे क्या फ़र्क़ पड़ता है?' उस आदमी ने लापरवाही से कहा।

'इसने तुम्हें काटा नहीं। तुम्हारे घर से कोई चोरी नहीं की। यह अकेला चुपचाप यहाँ से गुज़र रहा था और तुमने इसे मार दिया? उसका माथा देखो, फूट गया है और कितना ख़ून बह रहा है। उसे बहुत दर्द हो रहा होगा। तुमको नहीं लगता कि वह निरपराध था?' ईश्वर ने कहा।

'कुत्तों की परवाह कौन करता है? वह तो मार खाने के लिए ही होते हैं। फिर उस कुत्ते के गले में किसी मालिक का पट्टा भी नहीं है। यह पालतू नहीं, सड़क छाप कुत्ता है।' उस आदमी ने ग़ुस्से और लापरवाही में जवाब दिया।

'तो सुनो जिसका कोई मालिक नहीं होता, उसका मालिक मैं होता हूँ। और जो किसी का पालतू नहीं होता, उसे मैं पालता हूँ।'

ईश्वर ने हवा से ताज़ा नर्म सोंधी रोटियाँ, पार्ले और ब्रिटानिया के मीठे बिस्कुट और केक्स, कुछ डॉग बाइट्स और हड्डियाँ पैदा करके कुत्ते को दीं। कुत्ता कई दिनों से भूखा था। वह खाने पर टूट पड़ा।

चबूतरे पर बैठा आदमी यह करिश्मा देखकर चौंक गया था।

'तुम कोई जादूगर हो क्या? बड़ा दिलचस्प ट्रिक था। काला जादू बंगाल का।' उसने कहा।

'नहीं मैं बंगाल का मजमेबाज़ जादूगर नहीं। मैं ईश्वर हूँ। विधाता —इस ब्रह्माण्ड का सृष्टा।' ईश्वर ने कहा। 'तुम्हें अब यह बताना पड़ेगा कि तुमने इस कुत्ते को, जिसने तुम्हारा कोई अहित नहीं किया था, अकारण क्यों मारा?'

चबूतरे पर बैठा आदमी डर गया और चबूतरे से उतरकर नीचे ज़मीन पर खड़ा हो गया। उसके होश उड़ गये थे और शरीर के सारे रोयें खड़े हो गये थे। वह टी. वी. के बाहर असली यथार्थ में यह अजीबोग़रीब फैंटेसी देखकर थरथर काँप रहा था। यह वर्चुअल नहीं,

असल 'रिएलिटी शो' था, जिसमें कोई मुम्बइया बिग–बी डेढ़ करोड़ की रक़म वसूल कर एंकरिंग करने नहीं आया था, बल्कि समस्त सौर मण्डलों–ब्रह्माण्डों का 'बिगेस्ट बिग बॉस' बिना कोई फीस लिए, अब तक का सबसे अनोखा और अपूर्व 'चैरिटी–शो' कर रहा था। वह भी एक मरियल, सड़कछाप, भूखे और दर–ब–दर भटकते कुत्ते के लिए।

'तुम्हें मेरे प्रश्न का उत्तर देना पड़ेगा। यह प्रश्न अनिवार्य है।' ईश्वर ने कठोर स्वर में कहा।

आदमी कुछ देर तक सोचता रहा फिर उसने कहा– *'ईश्वर, मैं ख़ुद नहीं जानता कि मेरे साथ क्यों ऐसा होता है। जब भी मैं किसी कमज़ोर, लाचार, अकेले, दीन–हीन, अहिंसक, दरिद्र और सत्ताहीन को देखता हूँ, मेरे भीतर अपने आप हिंसा पैदा हो जाती है। मैं ऐसे किसी जीव को, वह मनुष्य हो या कुत्ता, बर्दाश्त नहीं कर पाता, जो निर्बल, ग़रीब और सत्ताहीन हो। मुझे लगता है ऐसे अशक्त और निरीह प्राणी को इस पृथ्वी पर ज़िन्दा नहीं रहना चाहिए। मेरे भीतर सत्ताहीनता और दीनता के प्रति एक सहजात, बर्बर और तीखी नैसर्गिक घृणा और हिंसा है।'*

'और अगर कोई ताकतवर, अमीर, हिंसक आदमी या जीव तुम्हारे सामने हो तब?' ईश्वर ने पूछा।

'तब मेरे अन्दर भय और श्रद्धा एक साथ जन्म लेते हैं। मैं उसका सम्मान करता हूँ। उसकी प्रशंसा करता हूँ। उसके साथ लग जाता हूँ। और...' चबूतरे वाला आदमी कुछ झेंपने लगा।

'शरमाओ नहीं, खुलकर बोलो यहाँ ईश्वर, कुत्ते और तुम्हारे अलावा और कोई नहीं है।' ईश्वर ने कहा।

आदमी ने झेंपते–हिचकते हुए कहा– *'मैं असल में जब किसी ताक़तवर, अमीर, ओहदेदार, मन्त्री–अफ़सर, व्यापारी–ठेकेदार, ठग–तस्कर को देखता हूँ तो मेरे पीछे, नीचे की तरफ़, स्पाइनल बोन की आख़िरी कड़ी में एक कोई गुदगुदी–सा कुछ–कुछ होता है।' वह मुझे बहुत अच्छा लगता है। आह! ईश्वर, यह आन्तरिक आयतन... यानी अन्दर का मामला है।'*

'लेकिन तुमने इस कुत्ते को अकारण मारा। वह निर्दोष और निरपराध था। यह समूची सृष्टि 'कार्य और कारण' के चिरन्तन नियम पर ही संचालित होती है, जिसे मैंने बनाया है। तुमने इसका उल्लंघन किया है। इसका दण्ड तुम्हें मिलेगा। न्याय तो होना ही चाहिए।'

ईश्वर कुछ देर तक चुप रहे फिर उन्होंने रोटी खाने में मगन कुत्ते से ही पूछा–*''देखो, इस आदमी ने तुम्हें बिना किसी अपराध के पत्थर मारा। चोट पहुँचायी। यह अन्याय है। मेरा सोचना है कि यह फ़ैसला अब तुम ही करो कि इसे कौन–सा दण्ड दिया जाये।''*

'इस समय समूचे ब्रह्माण्ड की समस्त शक्तियों के साथ मैं तुम्हारे साथ हूँ। तुम जैसा तय करोगे, वही दण्ड इसे मिलेगा।' ईश्वर ने कहा।

कुत्ता सोचने लग गया।

उसने पंजों में दबी स्वर्ग के गेहूँ के आटे से बनी सोंधी नर्म रोटी से मुँह ऊपर उठा लिया। उसके माथे पर, जहाँ कुछ देर पहले चबूतरे वाले आदमी का पत्थर लगा था, जो फट गया था और जहाँ से ईश्वर के छूने के पहले तक ख़ून निकल रहा था, उस जगह तनाव और विचार की गहरी लकीरें खिंच गयीं।

ईश्वर और आदमी, दोनों उसे अपलक उत्कण्ठा के साथ देख रहे थे।

आख़िर कुत्ते के गले से शब्द फूटे– *'ईश्वर, पिछले दिनों इस देश के पिछले मानव–संसाधन मन्त्री को बदला गया है। इस मन्त्रालय के अधीन आने वाले बहुत से मठ और संस्थान इन दिनों खाली पड़े हैं। पिछली बार जिन–जिन लोगों ने पूर्व मानव संसाधन मन्त्री पर उत्कृष्ट समकालीन कविताओं की रचना की, उनकी जीवनियाँ लिखीं, उनके नाम पर सड़कों का नामकरण किया, विश्वविद्यालय और शिक्षण संस्थान खोले, वे सारे मठाधीश नये मन्त्री द्वारा हटा दिये गये हैं या इस्तीफ़ा देकर बाहर हो गये हैं और राजधानी में किसी नये मौक़े की तलाश में भटक रहे हैं।'*

ईश्वर की समझ में कुछ नहीं आ रहा था। हालाँकि ईश्वर होने के कारण उन्हें साँस नहीं लेनी पड़ती थी, फिर भी तीव्र उत्सुकता की वजह से उन्होंने उसे रोक लिया।

'ईश्वर! मैं चाहता हूँ कि आप इसे कहीं का मठाधीश बना दीजिए।' कुत्ते ने निर्णयात्मक स्वर में कहा।

ईश्वर और चबूतरे वाले आदमी, दोनों की आँखें आश्चर्य से फैल गयीं। ईश्वर की समझ में कुछ नहीं आ रहा था। इस कुत्ते के अन्दर तो मेरे द्वारा धरती पर भेजे जाने वाले पैगम्बरों से भी अधिक करुणा और क्षमा है।

'लेकिन यह तो दण्ड नहीं हुआ? यह तो पुरस्कार हो गया। इस आदमी ने अकारण तुम्हें मारा। तुम निर्दोष थे। तुम्हारा माथा फट गया था। मैं न आता तो अधिक रक्तस्राव से तुम मरने वाले थे। इस आदमी को तो कड़ी सज़ा मिलनी चाहिए थी? मैं तो मृत्युदण्ड के बारे में सोच रहा था। लेकिन तुमने...?' ईश्वर को सचमुच गहरा आश्चर्य था।

कुत्ता धीरे से मुस्कुराया। फिर उसने कहा–*'ईश्वर, आप तो अन्तर्यामी और त्रिकालदर्शी हैं। सब जानते हैं। क्या आप यह सचमुच भूल गये हैं कि पिछले जन्म में मैं मठाधीश ही तो था।'*

ईश्वर *'तथास्तु!'* कहकर फौरन अन्तर्धान हो गये। कुत्ता स्वर्ग के गेहूँ के आटे से बनी सोंधी नर्म रोटियाँ खाने लगा।

चबूतरे वाले आदमी का मोबाइल बजने लगा।

उसमें नये मानव संसाधन मन्त्रालय से कॉल आ रहा था।

–'आउटलुक' : अक्टूबर, 2009 में प्रकाशित

सम्पादक : नीलाभ मिश्र

आचार्य का कुत्ता

इस कथा श्रृंखला का नैरेटर या कथावाचक हालाँकि कई बार पुरुष में 'मैं' का प्रयोग करते हुए क़िस्सा कहता है, जिससे बहुतों को ऐसा लग सकता है कि इस श्रृंखला के सारे प्रसंग आत्मकथात्मक हैं और सारे आचार–विचार कथावाचक के ही हैं। हिन्दी की 'ठस' और 'ठोस' (उलट कर पढ़ें तो 'सठ' और लगभग 'साठोत्तर') आलोचना के चलते ऐसा सम्भव भी है। लेकिन हम यहाँ स्पष्ट कर दें कि इस कथा श्रृंखला के सारे पात्र काल्पनिक हैं और यथार्थ से उनका क़तई कोई भी वास्ता नहीं है। इस कथा का सूत्रधार 'मैं' एक कपोल–कल्पित चरित्र है, जिसका असली नाम मुन्ना है और वह एक किसी अभागे दिन, भटकते–भटकते, या शायद स्वप्न में चलते–चलते एक अजीब प्रागैतिहासिक लेकिन डरावने ग्रह या लोक में उसी तरह चला आया है जैसे कभी एलिस खरगोशों द्वारा बनाये गये एक बिल में धोखे से घुसकर किंवदन्ती बन चुके एक अजीबोग़रीब आश्चर्यलोक में पहुँच गयी थी। ये सारी घटनाएँ उसी लोक की हैं, जिसे मुन्ना 'आचार्यलोक' कहता है। 'सनसनी', 'वारदात', 'डायल 100', 'हुश्श्श्श... वहाँ कोई है' और 'ऑपरेशन दुर्योधन–द्रोणाचार्य' के मीडिया काल में बिना किसी गुप्त–कैमरे के ये सारे बिम्ब और छवियाँ मुन्ना किसी आत्मघाती हिम्मत के साथ सिर्फ़ स्मृतियों और कलम के सहारे आपके सामने प्रस्तुत कर रहा है। मुन्ना ऐसा करते हुए इसलिए निर्भय है क्योंकि अब उसका कोई बाल भी बाँका नहीं

कर सकता क्योंकि मुन्ना अब मर चुका है बल्कि अगर आज की माफिया–भाषा में बोलें तो, 'उसे निपटाया जा चुका है।' या 'यथार्थ से उसे पोंछा जा चुका है।'

दरअसल असल बात तो यह है कि मुन्ना अब उस एक कटे हुए सिर का नाम है, जो बर्बरीक के सिर की तरह राजधानी के लुटियन के टीले की चोटी पर उसी तरह रखा हुआ है, जैसे बर्बरीक का सिर हरियाणा के कुरुक्षेत्र के किसी ऊँचे टीले पर रखा हुआ था। जिस तरह बर्बरीक के कटे सिर ने कुरुक्षेत्र में समूचे महाभारत को अपनी मृत आँख लेकिन जीवित आत्मा के साथ देखा था, मुन्ना का सिर उसी तरह 'आचार्यलोक' की घटनाओं की रिपोर्टिंग महज़ आपके मजे के लिए कर रहा है क्योंकि मुन्ना के कटे सिर की यह मान्यता है कि आपको अब वह मज़े के अलावा और कुछ दे भी नहीं सकता। इसके अलावा कुछ और दे पाने की उसकी क्षमता भी अब नहीं रही। लेकिन सच तो यह भी है कि इसके अलावा आपको और कुछ चाहिए भी नहीं।

आचार्य चूड़ामणि चक्रपाणि का कुत्ता बूढ़ा हो चला था। उसकी उम्र लगभग उतनी हो चुकी थी, जितनी संस्कृत महाकाव्यों में निर्वासित नायकों के वनवास या अज्ञातवास की अवधि हुआ करती है। यानी लगभग चौदह वर्ष।

इस साल की दीवाली में पटाखों के फूटने के धमाकों से वह इतना विचलित हो गया था कि उस पर मिरगी जैसे दौरे पड़ने लगे थे। मुँह से लार बहने लगती थी और वह किसी एकान्त, शान्त, निर्जन, निःशब्द अन्तरे–कोने की खोज में यहाँ–वहाँ उद्भ्रान्त भटकता रहता था। उसकी बेचैनी और व्याकुलता मार्मिक होती। वह तमाम गतिविधियों, शोर–शराबों और हलचलों से दूर हो जाने की निरन्तर कोशिश में लगा रहता।

आचार्य जब विभाग से लौटकर आते, पहले की तरह वह उनकी अगवानी में दरवाज़े पर खड़ा न मिलता। उनके आने के आह्लाद में

वह न पूँछ हिलाता, न पहले की तरह ख़ुशी के मारे सारे फ्लैट में कूदता–उछलता लहालोट फिरता।

वह कहीं अदृश्य, किसी अज्ञात अँधेरे कोने में छुपा हुआ होता। आचार्य उसे पुकारते, सीटियाँ बजाते, पुचकारते लेकिन उसका पता न चलता। अगर हम अन्दाज़ा लगाने की कोशिश करें तो दरअसल आचार्य चूड़ामणि चक्रपाणि का कुत्ता या तो अपने पुट्ठे पर पिछले साल भर से ही हो गयी एक असाध्य गाँठ की पीड़ा, आँतों में अक्सर उठने वाले चाकू के चीरने जैसे अनुभव और आँखों के सामने जाली और धुन्ध छा जाने जैसी निहायत भौतिक–शारीरिक समस्या से जूझ रहा होता या फिर वह ठीक गौतम बुद्ध की तरह जरा, व्याधि और मृत्यु के शाश्वत प्रश्नों की गुत्थियों को किसी दार्शनिक की तरह चुपचाप सुलझा रहा होता।

अगर उसके गले का स्वर यन्त्र यानी 'लैरिंग्ज़' मनुष्यों जैसा विकसित होता तो वह निश्चित ही मृत्यु, महानिर्वाण और मोक्ष के बारे में कोई ऐतिहासिक और अत्यन्त महत्त्वपूर्ण समकालीन दार्शनिक वक्तव्य देता, क्योंकि हिन्दी और अंग्रेज़ी दोनों उसने विश्वविद्यालय के कैम्पस में चौदह वर्षों के अपने श्वान–जीवनकाल में अच्छी तरह से सीख ली थीं। उसके मस्तिष्क में शब्दकोश बहुत बड़ा था, भाषा सम्पन्न थी, बस अभिव्यक्ति का संकट था, क्योंकि उसके गले में वैसा स्वरयन्त्र नहीं था, जैसा मनुष्यों के गले में होता है। स्मृति, अनुभव और भाषा होने के बावजूद उसे व्यक्त न कर पाने की यन्त्रणापूर्ण अकबकाहट उसे हमेशा बेचैन किये रखती।

चौदह वर्ष के जीवन में उसके पास असंख्य अच्छी–बुरी स्मृतियों का भण्डार भी इतना बड़ा हो गया था कि वह एकान्त में किसी कोने में आँखें मूँदे अपने मस्तिष्क के परदे पर किसी फ़िल्म की तरह अपनी स्मृतियों के असंख्य असम्बद्ध चलते–फिरते बिम्बों को ही लगातार आत्ममुग्ध देखता रहता। उन्हीं में खोया। अतीत उसके लिए अफ़ीम हो चुका था, जिसके नशे के बाहर वह किसी एडिक्ट की तरह निकलना ही नहीं चाहता था। उजाला उसे बिल्कुल न सुहाता, अँधेरा अपनी ओर खींचता।

दर्शन और स्मृति, यही अब उसके जर्जर बीमार जीवन के साथी थे। अतीत के उसके जीवन में सुख और दुख दोनों थे, जिनकी स्मृति से कभी वह हँसता, कभी उदास हो जाता और कभी उसकी आँखें डबडबा जातीं।

जैसे–एक बार उसके पूरी तरह निर्दोष होने पर भी आचार्य चूड़ामणि चक्रपाणि के बेटे दण्डधर चक्रपाणि और पत्नी ने उसे बहुत कठिन दण्ड दिया था। बेंत की छड़ी से उसे पीटा गया था। सारे घर में दौड़ा–दौड़ा कर। उसके गले से अपने प्राण की भीख माँगती कातर चीख़ निकल रही थी, पेशाब निकल आया था, लेकिन उसे पूरी निर्ममता से मारा जा रहा था। दिसम्बर–जनवरी की हड्डियों को कँपा देने वाली ठण्ड और शीत लहर में उसे बाहर की बालकनी में सात रात और नौ दिन तक जंज़ीर से बाँध दिया गया था। दो दिन भूखा रखा गया था या फिर उसे सूखी–बासी रोटियाँ दी गयी थीं। वह भी दूर से फेंक कर। पारिवारिक आँच और आत्मीयता से निर्वासित–निष्कासित जीवन। आचार्य ने भी कई दिनों तक उससे बात नहीं की थी। अपने साथ सुबह की सैर में टहलाने नहीं ले गये थे।

जब–जब उसे इस घटना की याद आती, वह बेचैन हो उठता। उसकी आँखों में आँसू छलछला आते। सब ने उस पर यह सन्देह किया था कि रात में बड़ी मेहनत और चाव से पकाये गये देसी मुर्गे और दूध–मावे की गाढ़ी खीर वह चोरी से आधी रात उठकर आधे से ज़्यादा खा गया था। जाहिर है, ऐसा सन्देह होने पर, चूँकि वह मनुष्य नहीं, एक पशु यानी कुत्ता था, इसलिए बाक़ी बची हुई खीर और मक्खन में पका मसालेदार मुगलिया मुर्ग दो–प्याज़ा भी कुत्ते का जूठन समझकर घर में कभी–कभार आने वाले ग़रीब छात्र मुन्ना को दे दिया गया था। हालाँकि आचार्य की पत्नी ने मुन्ना से यह बात छिपा ली थी कि वे उसे कुत्ते का जूठा व्यंजन दे रही हैं। मुन्ना ने बहुत ख़ुशी–ख़ुशी दोनों चीज़ें ले ली थीं और अपने एक दोस्त के साथ हॉस्टल के कमरे में बैठकर स्वाद ले–लेकर, आचार्य की पत्नी की वत्सलता, दयालुता और सुन्दरता का विरुदगान करते हुए छक कर खायी थीं।

आचार्य ने अपनी अधेड़ रूपवती पत्नी की इस उदारता की प्रशंसा ही की थी कि चलो नाली में फेंकने से अच्छा कि किसी ग़रीब प्रतिभाशाली छात्र के काम आ गया। मुन्ना, जैसा कि आप जानते हैं, निचली जाति का एक ग़रीब देहाती छात्र था। वह राजधानी से हज़ार किलोमीटर से भी ज़्यादा दूर के एक पिछड़े इलाक़े के एक छोटे–से गाँव से इस विश्वविद्यालय तक इसलिए पहुँच पाया था क्योंकि उसके पास कठिन मेहनत और ईमानदारी से हासिल की गयी एम.ए. की डिग्री थी। प्रथम श्रेणी और विश्वविद्यालय की परीक्षा में सर्वोच्च स्थान पाने पर मिले स्वर्ण पदक के साथ। यह स्वर्ण पदक एक सवर्ण आचार्य के नाम पर आधारित था, जिनके कुशल निर्देशन में जिन 300 छात्रों ने पीएच.डी. की डिग्री प्राप्त की थी, उनमें से 298 छात्र आचार्य के ही जाति–कुल के थे।

लेकिन बात तो आचार्य चूड़ामणि चक्रपाणि के कुत्ते की हो रही थी। उसी पर लौटें। उस रात पुट्ठे की गाँठ की पीड़ा की वजह से कुत्ता रात में ठीक से सो नहीं सका था। जैसे ही आँख लगती, या तो गाँठ का दर्द या फिर आचार्य के परिवार द्वारा अपने चोर समझ लिए जाने की कसकती स्मृति जाग जाती और वह बेचैन हो जाता। वह यह अच्छी तरह जान गया था कि उसकी आयु अब बहुत शेष नहीं है और कभी भी किसी भी दिन आसन्न मृत्यु उसे घेर सकती है, इसलिए वह मरने के पहले आचार्य को बता डालना चाहता था कि उसने अपने चौदह वर्ष के जीवनकाल में, अपने मालिक के घर में रहते हुए, कभी कोई ऐसा काम नहीं किया, जिसके कारण उसकी अन्तरात्मा उसे कोसे या उसे किसी तरह का पछतावा हो। वह अपने तन और मन से हमेशा आचार्य चूड़ामणि चक्रपाणि और उनके परिवार का वफ़ादार ही रहा। नमक का फ़र्ज़ उसने जिस तरह निभाया, उस तरह मनुष्य तो छोड़िए, कोई दूसरा कुत्ता भी नहीं निभा सकता। जिस तरह उस रोज़ आचार्य का बेटा दण्डधर चक्रपाणि उसे बेरहमी से पूरे घर में दौड़ा–दौड़ा कर मार रहा था, उसकी स्मृति से उसका मन उद्विग्न हो उठा और आँखों में आँसू भर आये।

दण्डधर का जन्म उसके सामने ही हुआ था। वह उससे दो वर्ष छोटा था इसलिए बचपन से ही उसने उसे अपने छोटे भाई जैसा ही समझा था। उसके लिए जी–जान, सब कुछ न्यौछावर करने को तैयार। उसे वे दृश्य याद आये जब वह दण्डधर के साथ गेंद खेलता था। दण्डधर गेंद उछालकर फेंकता और वह तीर की तरह दौड़ता हुआ जाता और गेंद उठाकर ले आता। उसे कितनी ख़ुशी होती जब दण्डधर और उसके साथी उसका करतब देखकर ताली बजा–बजाकर हँसते। नन्हे से दण्डधर का दूध का कटोरा या गिलास रखकर उसकी माँ अगर किसी काम से कहीं चली जातीं तो कहीं दूध बिल्ली न पी जाये और दण्डधर भूखा न रह जाये, इस चिन्ता में वह रखवाली में बैठा रहता। हमेशा अपने साथ खेलने वाली डिप्पी नाम की बिल्ली बेचारी अगर दूर भी दिखाई पड़ जाये, तो उसके साथ वह किसी दुश्मन जैसा व्यवहार करता। डिप्पी सहम जाती। एक बार दण्डधर को टायफ़ाइड हो गया था, पूरा घर जानता है कि ग्यारह दिन वह दण्डधर के बिस्तर के पास से नहीं हटा, न कभी ठीक से खाया, न पानी पिया।

लेकिन आह! वही दण्डधर? ...उस दिन? कहीं कोई पहचान या लगाव जैसा भाव नहीं। आँखों में एक अनपेक्षित अजनबीपन और हिंसा। क्रूरता। जैसे वह कोई दुश्मन हो। क्या इतने दिनों तक साथ–साथ, एक ही घर में रहने के बाद भी उनके बीच कोई सम्बन्ध नहीं बन पाया था? अगर बना भी था तो क्या इतना कच्चा–कमज़ोर कि एक मामूली, आधारहीन सन्देह की वजह से टूट गया? उसे याद आ रहा था कि कैसे वह अकेले उस घर की रखवाली में चौकन्ना रात–रात भर जागकर पहरा देता रहता था। आचार्य सपरिवार किसी पार्टी या शादी–ब्याह में जाते और वहाँ तरह–तरह के व्यंजन छककर खाते और वह भूखा घर में बासी–कूसी खाकर पहरा देता रहता बल्कि विवाह, पार्टी, सेमिनार, व्याख्यान आदि के लिए आचार्य चूड़ामणि चक्रपाणि 'खाना' क्रियापद का ही प्रयोग करते। उदाहरण के लिए–'आज रात अमुक के यहाँ बारात खाने जाना है।' 'अमुक तारीख़ को फलाँ संस्थान में सेमिनार खाने का न्योता है।' 'फलाँ–फलाँ दिन, फलाँ–फलाँ शहरों

की अमुक–अमुक संस्थाओं में व्याख्यान और लोकार्पण खाने का निमन्त्रण मिला है।'

कुत्ते के मन में तेज वितृष्णा पैदा हुई। किन लोगों के साथ उसके भाग्य ने उसको बाँध रखा था। उसे याद आया जब एक बार गर्मी की छुट्टियों में आचार्य उसे अपने गाँव ले गये थे। दस घण्टे से भी ज़्यादा कार की डिक्की में, सामान के ऊपर अत्यन्त कष्टकारी मुद्रा में शरीर को सिकोड़ कर बैठे–बैठे उसकी हड्डियाँ अकड़ गयी थीं। मई–जून की गर्मी से कार का ढाँचा बाहर से तवे की तरह तप रहा था। लगता था जैसे वह ओवन या भट्ठी के अन्दर बन्द कर दिया गया हो। जबकि कार में अगली–पिछली सीटों पर ए. सी. की ठण्डी हवा के झोंकों के साथ आचार्य और उनका परिवार लगातार तरह–तरह के खानों और बातों का रस ले रहा था। हालाँकि बीच–बीच में एकाध बार उन लोगों ने बिस्किट के टुकड़े उसकी ओर बढ़ाये थे लेकिन उसने मुँह फेर लिया था। कार जब गाँव पहुँची तब जाकर वह उस तन्दूर जैसी डिक्की से मुक्त हुआ।

और उसी रात उसने आचार्य के पलंग की ओर सरकते साँप से उनको बचाया था। अपनी जान की बाज़ी लगाकर।

आज उसका मन यह बताने के लिए बेचैन था कि जिस चोरी के जुर्म की सज़ा उसे दी गयी थी, वह उसने की ही नहीं थी। खीर और देसी मुर्गे का दो–प्याज़ा तो पड़ोस के फ्लैट में रहने वाले आचार्य मृच्छकटि वामनहरि की पत्नी त्रिपुरमोहिनी चुराकर ले गयी थीं। वह उन्हें देख रहा था, लेकिन उसने इसलिए कुछ नहीं कहा कि सम्भवतः आचार्य चूड़ामणि चक्रपाणि ने ही उनसे ऐसा करने को कहा हो। उस रोज़ अवकाश का दिन था और खाना बनाने के बाद आचार्य की पत्नी अपने बेटे दण्डधर तथा दो सहेलियों के साथ फ़िल्म देखने अनुपम मल्टीप्लेक्स चली गयी थीं। घर में आचार्य चूड़ामणि चक्रपाणि और उसके अलावा और कोई नहीं था। तभी उसके नथुनों में किसी तेज़ ताज़ा परफ़्यूम की मादक ख़ुशबू ने प्रवेश किया। इस गन्ध को वह पिछले तीन वर्षों से पहचानता था। उसका अनुमान सही निकला। फ्लैट के दरवाज़े पर हरे रंग की स्पोर्ट्स साइकिल आकर रुकी और

काले रंग का ब्लाउज़ और सफ़ेद–पीली चित्तियों वाली साड़ी पहने त्रिपुरमोहिनी जिसे आचार्य एकान्त में अवसरानुकूल और प्रसंगानुकूल कभी 'त्रिपुरी' और कभी 'मोना' कहते थे, ने प्रवेश किया।

कैम्पस में सुबह सैर के वक़्त या शाम के झुटपुटे में, झाड़ियों–चट्टानों के पीछे उसने दोनों के बीच स्त्री–पुरुष विमर्श को व्यावहारिक धरातल पर घटित होते कई बार देखा था। आचार्य को कार चलानी नहीं आती थी, इसके लिए वे एक ग़रीब और हमेशा भूखे दिखने वाले मनुष्य की मदद लेते थे, जिसे वे 'ड्राइवर' कहते थे। अगर उन्हें कार चलानी आती तो आचार्य और त्रिपुरमोहिनी के जेंडर विमर्श को वह कार की पिछली सीट पर बैठा आराम से देखता। हालाँकि कई बार उसे यह बात सालती और उसका मन विद्रोही होने लगता कि अपने मामले में इतने मुँहमारू और मोहम्मदशाह रंगीला को भी लज्जित करने वाले महारसिक आचार्य चूड़ामणि चक्रपाणि उसके मामले में इतने अनुदार और कठोर क्यों थे? हमेशा उसके गले में पट्टा पड़ा रहता और उसकी ज़ंजीर आचार्य की मुट्ठियों में कसी होती। कैम्पस की एक से बढ़कर एक सजी–धजी, युवा और आधुनिक मादाओं को देखकर उसके मन में प्रकृति द्वारा दी गयी स्वाभाविक पुरुष–वृत्तियाँ जन्म लेतीं, आचार्य द्वारा सुनी गयीं स्वच्छन्दतावादी काव्य पंक्तियाँ उसे रोमांटिक बनातीं, रीतिकालीन काव्य उसकी इन्द्रियों में मादक उत्तेजना का रस भर देता, परन्तु इस रसीले यमराज आचार्य चूड़ामणि चक्रपाणि की कड़ी निगरानी उसके हृदय में अंकुरित होते प्रेम के नवजात पौधों को जन्मते ही तुरन्त झुलसा देती। उसका मन मुरझाया–मुरझाया सा रहता। कार्तिक मास के रतिकाल में जब कैम्पस की चपल–चंचल मादाओं की देह–गन्ध उसके नथुनों तक पहुँचती तो वह नैसर्गिक प्रेमाकुलता से भर जाता। वह उनके पास जाकर उस गन्ध से अपने फेफड़ों को भर लेना चाहता, उन्हें सूँघकर उनकी इच्छाओं और स्वप्नों को जानना चाहता, उनके सुन्दर कानों और गालों पर अपने प्रेम और प्रशंसा का त्वरित मधुर चुम्बन अंकित करना चाहता, लेकिन आचार्य चूड़ामणि चक्रपाणि तत्काल ज़ंजीर खींच लेते और उस पर किसी कुत्ते की तरह ही दहाड़ते।

कई बार सचमुच उसे आचार्य पर सन्देह होता, कहीं वे दोनों बाहर से अलग–अलग देहधारी, अन्दर से एक ही तो नहीं है? दो भिन्न–भिन्न 'रूप' (फॉर्म) के भीतर एक ही 'अन्तःवस्तु' (कंटेंट)? बहरहाल अनुभव और वयस्कता के बाद उसने यह सत्य जान लिया कि जैसे एक म्यान में दो तलवारें नहीं रह सकतीं, ठीक वैसे ही कैम्पस की एक ही सड़क पर, शाम के सुनसान में एक साथ, कभी भी दो नर नहीं टहल सकते।

'आह! यह स्वर्णावसर अर्थात गोल्डन चांस दो महीने के बाद आज मिला है, त्रिपुरी।' आचार्य चूड़ामणि चक्रपाणि ने आचार्य मृच्छकटि वामनहरि की पत्नी त्रिपुरमोहिनी को आलिंगनबद्ध करते हुए कहा। इस परकीया प्रेम–मुद्रा में दोनों के उदर एक–दूसरे को दबा रहे थे।

'मुक्त हो जाओ। दर्शन को नेत्र तरस रहे हैं।' आचार्य चुम्बन–चेष्टा में थे, परकीया पद्मिनी नायिका किंचित छद्म लज्जा में उनके पान–सिक्त अधरों को परे धकेल रही थी।

'आंटी कब तक आयेंगी?' त्रिपुरमोहिनी ने पूछा। वे आचार्य से तेरह वर्ष, सात महीने, बाईस दिन, सात घण्टे, छब्बीस मिनट, पन्द्रह सेकेंड छोटी थीं, इसलिए सभा–सोसाइटी में आचार्य को 'अंकल' अथवा 'सर' और उनकी धर्मपत्नी को आंटी कहा करती थीं।

'लगे रहो...लगे रहो मुन्ना भाई' देखने अनुपम मल्टीप्लेक्स गयी हैं। शॉपिंग–वॉपिंग करके लौटेंगी। साढ़े दस बजे रात तक समझ लो नन्दन कानन यही है राधिके...!'

'हटिए! आप बड़े वो हैं।' चालीस के तट पर खड़ी त्रिपुरमोहिनी षोडशी या नवोढ़ा होने के प्रयत्न में थीं।

इसके बाद बेडरूम में आचार्य चूड़ामणि चक्रपाणि और त्रिपुरमोहिनी के बीच चले अभिसार और प्रणयक्रीड़ा को वह ललचाई लोलुप आँखों से अपलक निहारता रहा। एक बार तो उसकी इस तपस्वी जैसी टकटकी से विचलित होकर त्रिपुरमोहिनी ने कहा भी– *'सर, मुझे आपसे तो नहीं, लेकिन आपके कुत्ते से शर्म लग रही है। देखिए ना, कैसे घूर रहा है।'*

'यह भावुक है त्रिपुरी! तुम्हारे अनिंद्य अनिर्वचनीय रूप–यौवन के मादक रस का यह अपने नेत्रों से पान कर रहा है। हमारे शयन–कक्ष का यह डबल–बेड इस समय एक रंगस्थल है। यह कुत्ता इस समय कुत्ता नहीं, बल्कि हमारे प्रणय–नाट्य का एक सहृदय दर्शक है और रति रस का रसास्वादन कर रहा है। जिस भावदशा में इस पल यह डूब–उतरा रहा है, उसे हम भली–भाँति जानते हैं, मोना।'

'किस भावदशा में, सर?' त्रिपुरमोहिनी ने नीचे से, आचार्य के एक सौ तेरह दशमलव दो पाँच किलोग्राम के भार को सहते हुए, रुँधती–अटकती आवाज़ में पूछा।

'भरतमुनि के नाट्यशास्त्र का स्मरण करो। एम. ए. प्रीवियस में पढ़ा होगा। विभावानुभावव्यभिचारिसंयोगाद् रसनिष्पत्तिः...! इस समय हम व्यभिचार द्वारा उसी रस की निष्पत्ति कर रहे हैं, जिसका संकेत भरतमुनि ने किया था...' आचार्य ने आघात की गति और संख्या बढ़ाते हुए कहा, *'तद...तद...ताद...ताद...तादात्म्य...तादात्म्य...तादात्म्य!'* वे विलम्बित से धीरे–धीरे द्रुत में आ रहे थे। हाँफते हुए उन्होंने व्याख्या प्रस्तुत की, *'तादात्म्य...यानी दर्शक और नाटक के पात्रों के बीच रस का संचार और सहकार। रस के साधारणीकरण का महान सिद्धान्त! इस समय यह दर्शक यानी कुत्ता रसानन्द की तुरीयावस्था में होगा, त्रिपुरी! इस तुरीयावस्था में अब कुत्ता होने की अपनी लौकिक चेतना का वह विस्मरण कर चुका होगा। वह अब कुत्ता नहीं, बल्कि स्वयं आचार्य चूड़ामणि चक्रपाणि हो चुका है और सोच रहा है कि तुम्हारे साथ हम नहीं, वही यह कृत्य सम्पादित कर रहा है...! उसके चेहरे पर मग्नभाव और आँखों में परमानन्द की अभिव्यक्ति... देख रही हो ना?'*

'व्हा...आ आ...ट्! हाउ डू यू डेयर टु से दैट?' त्रिपुरमोहिनी ने अपनी टाँगें चलायीं और आचार्य को रस की मँझदार से लतिया कर सूखी रेत के किनारे फेंक दिया। *'मेरे को अगर आपने डिग्री और जॉब का ऑफ़र ना दिया होता तो... आई वोंट हैव अलाउड यू ईवन टु टच माई फुट! बास्टर्ड...! तुम हिन्दी वाला पण्डा...! डिबॉचरी का भी मैनर मैं सिखाऊँगी तुम्हें स्टुपिड?'*

आचार्य भौंचक रह गये थे।

कुत्ते की स्मृति के पर्दे में उस रात के रतिनाट्य का पूरा दृश्य खिंच आया। आचार्य अपने बिस्तर पर दिगम्बर अवाक् पड़े थे। त्रिशंकु की तरह, न आकाश के, न पाताल के। न धरा के, न धाम के। न दक्षिण के, न वाम के। न भारत के, न पाकिस्तान के। और त्रिपुरमोहिनी, क्रोध और अपमान की आग में धुआँ छोड़ती, कपड़े पहनकर बेडरूम के बाहर निकल आयी थीं। इस गोपनीय नाटक का वह एक आकस्मिक पटाक्षेप था।

बस, इसके बाद ही, वहाँ से निकलकर वह किचन के अन्दर गयी थीं। शायद दो घण्टे तक चले इस रति और प्रणय की क्रीड़ा के कारण उन्हें ज़बरदस्त भूख लग आयी होगी। उन्होंने पहले फ्रिज का दरवाज़ा खोलकर अन्दर झाँका फिर बाहर रखे पोर्सिलीन के डोंगों के ढक्कन हटाये। मुर्ग दो–प्याज़ा और खीर की ख़ुशबू से उनकी भूख और बेतहाशा भड़क उठी। पॉलिथीन की दो थैलियों में उन्होंने दोनों व्यंजन भरपूर मात्रा में भरे और धड़धड़ाती हुई फ्लैट के बाहर निकल गयीं, जहाँ उनकी हरे रंग की स्पोर्ट्स साइकिल खड़ी थी।

उस समय जब चोरी की यह वारदात हुई, आचार्य चूड़ामणि चक्रपाणि सम्भवतः बाथरूम में थे क्योंकि वहाँ से पानी गिरने की आवाज़ आ रही थी। इसके ठीक बारह मिनट बाद ही फ्लैट के दरवाज़े पर कार आकर रुकी थी। आचार्य का परिवार 'लगे रहो मुन्ना भाई' नामक फ़िल्म देखकर लौट आया था।

और फिर शुरू हुई थी किसी हॉरर फ़िल्म जैसी वह घटना। इतने वर्ष बीत जाने के बाद भी उसकी स्मृति में किसी डरावने दुःस्वप्न की तरह वह घटना बार–बार लौट आती है।

किचन से चोरी का सन्देह उसी पर किया गया था। क्या सिर्फ़ इसलिए कि वह एक मनुष्य नहीं पशु था? कि उसके पंजे और पूँछ थी? या इसलिए कि वह आचार्य की जाति, कुल और गोत्र का नहीं था? वह कातर आँखों से, अपने प्राणों की भीख माँगता हुआ, अपनी भाषा में, जो दुर्भाग्य से राजभाषा हिन्दी नहीं थी, चीख़–चीख़कर अपने निर्दोष होने की दुहाई देता रहा, लेकिन दण्डधर चक्रपाणि,

जिसे वह बचपन से अपना भाई मानता आया था, उसे सारे घर में दौड़ा–दौड़ाकर पूरी बर्बरता के साथ छड़ी से पीटता रहा।

किसी को उस पर दया नहीं आयी। आचार्य भी चुप रहे। क्योंकि वह कुत्ता था। उसकी आँखें छलछला आयीं। उसका पूरा शरीर पीड़ा से भरा हुआ था। इस स्मृति ने उसकी चेतना को आक्रान्त कर डाला था। उसने निर्णय लिया, जैसे भी हो, आज वह अपनी सारी बची–खुची ऊर्जा और शक्ति एकत्र कर, अपनी बूढ़ी–बीमार देह की सारी ताक़त लगाकर आचार्य चूड़ामणि चक्रपाणि को अपने निर्दोष होने की बात बतायेगा। वह यह भी बतायेगा कि अंग्रेज़ी विभाग के आचार्य मृच्छकटि वामनहरि की पत्नी त्रिपुरमोहिनी, जिसे उन्होंने विभाग में एडहॉक पद पर नियुक्त किया है और रात–दिन एक करके जिसकी 'भारतीय नवजागरण की परम्परा और प्रगतिवाद' शीर्षक पीएच. डी. की थीसिस उन्होंने स्वयं लिखी है, वह उन्हें अपने नौकर और पाँव की जूती से ज़्यादा कुछ नहीं समझती। उनको कभी–कभार बिस्तर पर अनुगृहीत करने के बावजूद वह उन्हें उसी आँख से देखती है, जिस आँख से अंग्रेज़ हिन्दुस्तानियों को देखते थे। वह उन्हें यह भी बताना चाहता था कि वह त्रिपुरमोहिनी आजकल विश्वविद्यालय के प्रॉक्टर विकराल अयाल के साथ लगी हुई है और उसने उन दोनों को कैम्पस के पार्किंग में, कार के भीतर, टिंटेड ग्लास के पार, तीन बार वही करते देखा है, जिसे करने से आचार्य ने पट्टा और ज़ंजीर बाँधकर उसे कठोरतापूर्वक वंचित कर रखा है। किसी तरह उसने सारी ताक़त जुटाकर पलंग के नीचे से अपनी देह को बाहर खींचा। जोड़–जोड़ अकड़ गये थे और दुख रहे थे। आँखों के आगे कोहरे की जाली और धुंध थी। स्मृतियाँ गड्डमड्ड हो रही थीं। पुट्ठे की गाँठ में जैसे हज़ारों सूइयों की नोक चुभ रही थी। आँखों में कोई धारदार चाकू उतर रहा था।

डगमगाता हुआ वह किसी तरह बाहर के टेरेस तक पहुँचा, जहाँ आचार्य चूड़ामणि चक्रपाणि आराम कुर्सी पर बैठे हुए हिन्दी की किसी ताज़ा पत्रिका के पन्ने पलट रहे थे। उसने अपनी धुँधली आँखों से देखा,

पत्रिका के आवरण पृष्ठ पर आचार्य का ही चित्र छपा था। सम्भवतः उनकी षष्ठिपूर्ति पर निकाला गया विशेषांक वह था।

'मैं निर्दोष हूँ...आचार्य!' ऐसा उसने पूरा ज़ोर लगाकर, थरथराते हुए कहा। वह सचमुच चौंक गया क्योंकि उसके कानों ने पहली बार इतने स्पष्ट तरीक़े से, उसकी अपनी आवाज़ सुनी।

हाँ, यह उसकी ही आवाज़ थी। क़िसी सन्देह की कोई गुंजाइश नहीं। राजभाषा हिन्दी में किसी कुत्ते द्वारा बोला गया यह पहला वाक्य था। हिन्दी साहित्य के इतिहास में इसे दर्ज होना चाहिए।

लेकिन लगता है आचार्य चूड़ामणि चक्रपाणि षष्ठिपूर्ति के अवसर पर निकाले गये उस विशेषांक में अपने कृतित्व और व्यक्तित्व पर लिखे गये निबन्धों को पढ़ने में इतना डूब गये थे कि उनके कानों ने उसकी आवाज़ नहीं सुनी।

कुत्ता निराश हो गया। क्या दुबारा यही चमत्कार हो सकता है? क्या कोई कुत्ता दुबारा हिन्दी बोल सकता है?

कुत्ते ने अपनी जर्जर देह और उद्भ्रान्त चेतना की सारी बची–खुची शक्ति एकत्र की और अपने गले के स्वर यन्त्र पर सारा ज़ोर लगाकर फिर वही वाक्य दोहराने का प्राणपण से प्रयत्न किया–

'आचार्य... मैं...निर्दोष... हूँ...ऊँ...ऊँ...ऊँ...!'

लेकिन उसके गले से सिर्फ़ एक धीमी, अस्पष्ट घरघराहट निकली। कराहने और गुर्राने के बीच की कोई दानेदार आवाज़। ...और ठीक इसी पल उस पर मिरगी का दौरा पड़ गया। एपिलैप्सी। उसका शरीर पहले से ही बूढ़ा और बीमार था, हिन्दी का वाक्य बनाने में पहले से ही उसकी सारी शक्ति विसर्जित हो चुकी थी, इसलिए मिरगी के आकस्मिक आघात से वह टेरेस की ठण्डी फ़र्श पर, आचार्य के क़दमों के करीब छटपटाने लगा।

आचार्य चूड़ामणि चक्रपाणि ने पत्रिका से अपनी आँखें हटायीं। उसकी ओर देखा फिर अपनी पत्नी को आवाज़ लगायी–

'ए...! देखो, लगता है इसे फिर मिरगी का दौरा पड़ गया है। आज अवकाश का दिन है। सोचता हूँ क्लीनिक ले जाकर चैकअप करा लें।'

'सिंह डॉग क्लीनिक' के कुत्ता डॉक्टर मेजर शानदार सिंह ने उसका चेकअप किया और उन्होंने आचार्य से बहुत गम्भीर आवाज़ में कहा–*'सर, आपका कुत्ता पामरेनियन ब्रीड का है। स्पिट्ज। इन्सानों द्वारा पालतू या गुलाम बनाये जाने के पहले, मूल रूप से ये कुत्ते उत्तरी ध्रुव में पाये जाते थे। पोलर ब्रीड्स। ये वहीं के मूल निवासी हैं। उत्तरी ध्रुव या अंटार्कटिका के बारे में तो आप जानते ही होंगे। डिस्कवरी या नेशनल ज्योग्राफ़िक चैनल में देखा होगा। दूर–दूर तक और कुछ नहीं, सिर्फ़ बर्फ़ ही बर्फ़! यहाँ से वहाँ तक। सन्नाटा। शान्ति।'*

क्या आपको नहीं लगता कि वहाँ बर्फ़, किसी जमी हुई विस्तृत शान्ति और नीरवता का ही दूसरा नाम है। आपके इस कुत्ते के पूर्वज भी वहीं के थे।' कुत्ता डॉक्टर मेजर शानदार सिंह ने कुत्ते के सिर पर अपनी हथेलियाँ फिरायीं। *'देखिए, इसके चेहरे पर कितनी बेचैनी है। कितना तनाव।'* क्लीनिक की मेज़ पर लेटे कुत्ते का शरीर अभी भी धीरे–धीरे काँप रहा था। उसकी आँखें मुँदी हुई थीं और मुँह से झाग निकल रहा था।

'कितनी अनोखी बात है...लेकिन दूसरी तरह से देखें तो उतनी अनोखी भी नहीं।' डॉक्टर ने बोलना जारी रखा। सभी उन्हें चुपचाप सुन रहे थे।

'कुत्ते को आदमी ने सत्रह हज़ार साल पहले पालतू और गुलाम बनाया था। उत्तरी ध्रुव का यह कुत्ता भी पता नहीं कितने हज़ार साल पहले हमारा गुलाम बना। लेकिन इतने बरसों, इतनी शताब्दियों के गुज़र जाने के बावजूद, आज तक इन कुत्तों के जैविक सूत्रों में अपने मूलस्थान यानी नॉर्थ पोल की स्मृति अंकित है। इनकी रीनल मेमोरी... इनकी जैविक स्मृति बार–बार इनकी चेतना में इनकी जन्मभूमि के स्वप्न रचती रहती है। ये नींद में उसे देखते हैं। वही बर्फ़...सुदूर क्षितिज तक फैली हुई, वही शान्ति...धरती से आकाश तक पसरी हुई, वही निर्जन नीरवता... समूची दृष्टि तक जिसका विस्तार है...! वह सब कुछ इन्हें बार–बार अपनी ओर चुम्बक की तरह खींचता और बुलाता है। आओ...! लौट आओ!'

डॉक्टर मेजर शानदार सिंह ने गहरी साँस भरी, *'ग़ज़ब के शान्ति–प्रेमी होते हैं, इस नस्ल के कुत्ते। इन्हें एकान्त चाहिए। किसी सच्चे कवि, वैज्ञानिक या सन्त की तरह। ये हर तरह के शोर–शराबे, तोड़–फोड़, उपद्रव, उत्पात से दूर भागते हैं। भीड़ और गाजा–बाजा इन्हें पसन्द नहीं। हिंसा चाहे कितने भेष बदलकर आये, उसे ये भाँप लेते हैं। ...इनके जीवन के लिए रोटी से ज़्यादा शान्ति ज़रूरी होती है। अपने एकान्त, नीरवता और शान्ति की खोज में ये जीवन भर लगे रहते हैं। ...न मिले तो बीमार हो जाते हैं। एपिलैप्सी या डिस्टेम्पर इन्हें अपनी चपेट में ले लेता है। ये पागल और स्मृति–भ्रंश के शिकार भी हो सकते हैं।'*

आचार्य चूड़ामणि चक्रपाणि, उनका पुत्र दण्डधर चक्रपाणि और उनकी पत्नी, सभी डॉक्टर शानदार सिंह का वक्तव्य चुपचाप सुन रहे थे।

'लगता है पिछले दिनों या तो दीवाली के पटाखों के धमाकों से इसके मस्तिष्क का सन्तुलन बिगड़ गया या फिर घर में कोई–न–कोई घटना इसके साथ ऐसी घटी, जिसके बार–बार के स्मरण से इसको एपिलैप्सी के फिट्स आने लगे।...ओह, पुअर डॉग।'

डॉक्टर शानदार सिंह ने अपनी नज़रें आचार्य के परिवार की ओर घुमायीं। *'आप में से किसी ने इसे बेवजह मारा तो नहीं? ज़रूरत से ज़्यादा इसके नाजुक दिल में कोई डर तो नहीं बिठा दिया...? ...पता नहीं कब तक इसकी ज़िन्दगी अब खिंचेगी!'*

'अब हम क्या करें, डॉक्टर सिंह? क्या यह ठीक हो सकता है?' आचार्य ने डॉक्टर से पूछा।

'हम इसे ट्रैंक्वेलाइजर्स के इंजेक्शन दे देंगे। इसकी नसों में ग्लूकोज़ चढ़ा देंगे। कुछ पेन किलर्स दे देंगे। कुछ ऐसे सेडेटिव आपको प्रिस्क्राइब कर देंगे कि आप इसे दूध में डालकर हर रोज़ देते रहिए। ...ऐसे में हो सकता है साल–डेढ़ साल यह और खिंच जाये। बट आई फील...'

एक पल रुककर उन्होंने फिर कहा, *'अब यह ज़्यादा चल–फिर नहीं पायेगा। आप लोगों को दिक्क़त होगी। इसकी लार बहती*

रहेगी। खाना अपने आप नहीं खा पायेगा। फिर यह लगभग अन्धा हो चुका है। घर में इधर–उधर चीज़ों से टकरायेगा। फिर सबसे बड़ी प्रॉब्लम... यू नो... । यू कैन अंडरस्टैंड। आपको ही इसकी सफ़ाई करनी पड़ेगी। इसके रेक्टम की मांसपेशियाँ ढीली हो गयी हैं। कभी भी, कहीं भी करता रहेगा।'

'ओह! ओह! शिट्! शिट्!' आचार्य चूड़ामणि चक्रपाणि के बेटे दण्डधर चक्रपाणि के गले से यह ध्वनि निकली। *'मम्मी... कैसे करेंगे हम लोग ये सब? ओह! शिट्!'*

डॉक्टर मेज़र शानदार सिंह ने मुस्कुराते हुए दण्डधर को प्यार से देखा।

'मैं हूँ ना! बेटे... आय हैव अ सॉल्यूशन! हमारे पास ऐसे कई क्लाइंट्स आते रहते हैं, जिनके पास ऐसे कुत्ते होते हैं।'

एक ठहरी हुई नज़र आचार्य पर जमाते हुए डॉक्टर ने कहा, *'अगर आप लोग चाहें तो मैं इसे एक इंजेक्शन दे देता हूँ। नींद का है। ज़रा–सा हैवी। ही विल पासअवे इन द नाइट। बेचारे को पता भी नहीं चलेगा... नींद में ही काम हो जायेगा। डिड यू गेट इट?'*

'हाँ... हाँ...!' आचार्य चूड़ामणि चक्रपाणि के कण्ठ से स्वर फूटे। *'यही समाधान उचित और उत्तम है। लगा दीजिए आप।'*

कुत्ते का हृदय चीत्कार कर उठा। मौत उसकी आँख के सामने ही दिखाई देने लगी। ...नहीं, अभी वह नहीं मरना चाहता। उसका मन हुआ, वह तुरन्त यहाँ से उठकर कहीं दूर भाग जाये जहाँ इन हत्यारों के हाथ उस तक न पहुँच सकें।

उसने अपनी सारी शक्ति एकत्र की और डॉग क्लीनिक की उस मेज़ से छलाँग लगाकर अपनी हत्या से दूर भाग जाना चाहा। वह अभी इस संसार को और देखना चाहता था।

लेकिन सिर्फ़ उसकी पिछली टाँगों में मामूली–सी हरकत हुई। उसका शरीर हल्के से काँपा।

कुत्ता डॉक्टर मेजर शानदार सिंह ने अपनी क्लीनिक की मेज़ पर लेटे कुत्ते के धीरे–धीरे काँपते बूढ़े शरीर को देखा फिर उसके कूल्हे में नींद का इंजेक्शन लगा दिया।

मुन्ना उस रोज़ *'हिन्दी साहित्य में नवजागरणवादी प्रगतिवाद और उत्तर–आधुनिक नव–जनवाद में अन्तर और विरोध'* शीर्षक अपना निबन्ध लेकर जब आचार्य चूड़ामणि चक्रपाणि के फ्लैट में पहुँचा तो पता चला कि आचार्य कैम्पस में ही किन्हीं अन्य आचार्य के घर गये हुए हैं और थोड़ी देर में लौटेंगे। मुन्ना उनके लौटने की प्रतीक्षा में वहीं ड्राइंगरूम में सोफ़े पर बैठकर आचार्य की षष्ठिपूर्ति पर पत्रिका का विशेषांक पढ़ने लगा, जिसमें आचार्य के कृतित्व और व्यक्तित्व पर ढेरों सामग्री थी।

लगभग बीसेक मिनट गुज़रे होंगे जब किसी आहट से मुन्ना की तन्द्रा टूटी। उसने देखा कि आचार्य का कुत्ता फ़र्श पर घिसटता–घिसटता उसी की ओर सरक रहा है। मुन्ना उस कुत्ते को बहुत प्यार करता था। जब भी वह वहाँ आता, कुत्ता उसके स्वागत में बिछ–बिछ जाता। उसके आसपास उछलता, कूदकर सोफ़े पर उसके बगल में बैठ जाता।

पिछले कई दिनों से मुन्ना को कुत्ता दिखा नहीं था। वह इतना बीमार होगा, इसका अन्दाज़ा मुन्ना को क़तई नहीं था। कुत्ता जिस तरह घिसटकर उसकी ओर रेंग रहा था, उससे उसकी गम्भीर और विकट स्थिति का पता चलता था।

मुन्ना सोफ़े से उतरकर फ़र्श पर कुत्ते के पास बैठ गया और उसका सिर अपनी गोद में रख लिया।

कुत्ते की आँखें अधमुँदी हो गयीं। लगा जैसे उसे वह शरण मिली हो, जिसे पाने के लिए वह अब तक बेचैन घिसट रहा था। उसकी देह की थरथराहट धीरे–धीरे थमने लगी। शायद मदर टेरेसा की गोद में भी कोलकाता के ग़रीबों और बीमारों को वैसी ही शान्ति मिलती रही होगी–यह किसने सोचा? कुत्ते ने? मुन्ना ने? या इन पंक्तियों के लेखक ने? ठीक–ठीक पता नहीं।

मुन्ना कुत्ते के सिर को सहला रहा था, तभी कुत्ते ने अपनी आँखें ऊपर उठायीं। उसकी आँखों में एक अजब–सी करुणा और मार्मिकता थी।

फिर उसके गले से एक घरघराती हुई, अथाह पीड़ा और पराजय से भरी परा–मानवीय आवाज़ निकली–

'मैं निर्दोष था मुन्ना।'

डर के मारे मुन्ना उछलते–उछलते रुका। वह स्तब्ध था। उसे विश्वास नहीं हो रहा था। मुन्ना के कान धोखा नहीं खा सकते। कुत्ते ने बिल्कुल साफ़–साफ़ वह वाक्य बोला था। राजभाषा खड़ी बोली हिन्दी में।

ठीक इसी पल आचार्य चूड़ामणि चक्रपाणि ने बाहरी दरवाज़े से घर में प्रवेश किया और उनकी धर्मपत्नी किचन की ओर से ट्रे में चाय और बिस्किट्स लेकर आयीं।

दोनों ने ड्राइंगरूम के फ़र्श पर मृत कुत्ते का सिर अपनी गोद में रखे, किसी पत्थर की मूर्ति की तरह बैठे हुए निश्चल और निर्वाक् मुन्ना को देखा। वह कुछ–कुछ ऐसा लग रहा था जैसे अपने सौतेले भाई देवदत्त के तीर से मारे गये हंस को गोद में लिए हुए गौतम बैठा हो।

लेकिन इस बार कुत्ता मर चुका था और उसकी आँख से निकली आँसू की अन्तिम दो बूँदें आचार्य के ड्राइंगरूम के संगमरमर के फ़र्श पर टपक गयी थीं।

मुन्ना ने बाद में अपनी डायरी, 'आचार्यलोक में मुन्ना' में यह वाक्य लिखा–

'पापी और अपराधी होते हैं वे, जो अपने कुत्ते से भी दगा करते हैं।'

'वाक्' : सम्पादक : सुधीश पचौरी,

वाणी प्रकाशन की पत्रिका के प्रवेशांक में प्रकाशित

इक्कीसवीं सदी के पंचतन्त्र में बुद्धिजीविता उर्फ़ अच्छे दिनों की चाहत

गर्मी का महीना था। मई–जून का। तालाब में पानी बहुत कम बचा था।

साँझ ढल रही थी। अँधेरा बढ़ता जा रहा था।

उस तालाब में बहुत से जलचर थे।

वे इसी आस में रह रहे थे कि कुछ ही समय बाद मानसून आयेगा। पानी बरसेगा और तालाब भर जायेगा।

इसी आस में जीवन था।

उस तालाब में तीन बुद्धिजीवी भी थे। बड़ा मान–सम्मान था। उनके अनुयायी तालाब में बहुत थे।

(तालाब असली तालाब था। फेसबुक, टीवी या ट्विटर नहीं था।)

तीन बुद्धिजीवियों में से दो बड़ी–बड़ी मछलियाँ थीं। एक का नाम था–'सहस्रबुद्धि' और दूसरी का–'शतबुद्धि'।

सहस्रबुद्धि के, कहते थे, हज़ार दिमाग़ हैं और शतबुद्धि के सौ दिमाग़।

एक और भी बुद्धिजीवी था। उसका नाम 'एकबुद्धि' था।

एकबुद्धि लेकिन एक मेढक था।

तो, उस शाम उस तालाब के सभी जलचरों ने देखा कि मेड़ पर से कई मछुआरे अपना जाल लिए गुज़र रहे हैं। मछुआरों ने तालाब को देखा और चाल धीमी कर ली।

'लगता है इसमें पानी कम माल ज़्यादा है।' एक ने कहा।

मछुआरे मुस्कुराये–'कल सुबह–सुबह आते हैं!'

यह कहकर वे चले गये।

जलचरों ने मछुआरों को देखा और सुना।

उन्होंने डरकर तालाब के बुद्धिजीवियों को घेर लिया।

सहस्रबुद्धि मछली सदा की तरह हँसी और उसने कहा–'डरने की बूँद भर बात नहीं। इस कीचड़ भरे गन्दे पोखर में एक तो वे मछुआरे आयेंगे नहीं और घुसेंगे नहीं। और अगर आये भी तो इसमें जाल नहीं डालेंगे। इतने खर–पतवार इस कीचड़ में हैं कि जाल फट जायेगा...'

'फिर...सबसे बड़ी बात तो यह कि मेरे पास हज़ार दिमाग़ हैं। डूबने, उछलने, तैरने, उतराने, कतराने के हज़ार तरीक़े हैं मेरे पास। डरो नहीं। बस मुझे देखते रहना।'

जैसे ही सहस्रबुद्धि ने बात ख़त्म की, शतबुद्धि ने कहा–'ओह! आपके हज़ार बुद्धि की ज़रूरत ही नहीं पड़ेगी। मेरे सौ दिमाग़ ही उन मूर्ख मछुआरों को छलने के लिए काफ़ी हैं।'

सभी जलचर आश्वस्त होकर रातभर की नींद लेने चले गये।

सोया नहीं तो बस 'एकबुद्धि' मेंढक।

उसे नींद ही नहीं आ रही थी।

उसने आधी रात सारे मेंढकों को जगाया क्योंकि उसकी बात वही मानते थे और उसके जगाने पर वही जागते थे।"

उसने कहा–'मुझे डर लग रहा है। मेरे पास तो बस एक ही दिमाग़ है। और यह दिमाग़ बार–बार कह रहा है–"इस पोखर को छोड़कर तुरन्त किसी दूसरे तालाब में चलो।"

सारे मेढक उसके पीछे–पीछे रात में ही वहाँ से निकल पड़े।

दूसरे दिन मछुआरे आये। उन्होंने जाल डाला और सभी जलचरों को फँसाकर ले गये।

सहस्रबुद्धि और शतबुद्धि, दोनों मछलियाँ ख़ासी बड़ी और भारी थीं इसलिए उन्होंने एक को सिर के ऊपर बड़े–से झाल पर रखा और दूसरी को कन्धे पर रस्से से बाँध कर टाँग लिया था।

दोपहर में वे उस तालाब की मेड़ पर से गुज़रे, जिसमें मछुआरे पहले ही जाल डालकर मछलियों को ले गये थे और जिसमें पिछली रात तक एकबुद्धि के साथ कई जलचर और मेढक आकर रहते थे।

उन सभी ने मछुआरों के सिर पर रखे झाल में तड़पते सहस्रबुद्धि को और कन्धे पर रस्सी से बँधे बेहोश शतबुद्धि के अलावा टोकरों में भरी मरी हुई मछलियों और जलचरों को देखा।

मछुआरों के चले जाने के बाद वे धीरे–धीरे अपने तालाब में उतर गये और अपनी बोली बोलने लगे। उस बोली में दुःख और डर की व्याकुल टेर थी।

कुछ दिनों के बाद उनकी टेर को बादलों ने और पानी के देवताओं ने सुना और फिर ख़ूब पानी बरसा।

तालाब फिर से भर गया।

एकबुद्धि ने फुसफुसाते हुए कहा–'हम मेढकों को उभयचर या जलथलिया इसीलिए कहा जाता है क्योंकि हम जल और थल, स्वर्ग और नर्क, जन्नत और दोज़ख़, ज़िन्दगी और मौत, पोखर और पठार... सब में ज़िन्दा रह सकते हैं।'

इसके बाद वह अंग्रेज़ी में कुछ बोला, जिसे देवनागरी लिपि में मैं लिख रहा हूँ :

'वी आर एम्फीबियंस। वी हैव स्किल्स टू सर्वाइव इन ए कैशफुल और कैशलेस कंडीशन। बिकाज़ वी कैन हाइबरनेट।...'

'बट आई वुड लाइक टू टेल यू आल दैट एवरी पोंड एंड एवरी लैंड नाउ, इज़ नॉट ए होम, इट इज़ नाउ 'एस... ए... जेड...'

'सेज'...

आई मीन–'स्पेशल इकोनॉमिक जोन'

अन्त में उदास होकर उसने कहा–

'लुक एट द ट्रेजेडी...पुअर 'थाउज़ैंड माइंड' एंड 'हंड्रेड मांइड' वर ड्रीमिंग ऑफ़ ए फ्यूचर ...फॉर्गेटिंग दि हिस्टरी!'

–फेसबुक नोट्स से

कहानी का बचपन

(ये दोनों कहानियाँ स्व. गोपाल भटनागर, विभागाध्यक्ष हिन्दी विभाग, शासकीय महाविद्यालय, शहडोल की स्मृति में सादर)

बिजली का बल्ब और मौत का फ़ासला

यह बल्ब हमेशा जला करता है। जलता तो केवल रात में ही है, किन्तु मुझे लगता है, दिन में भी जला करता है। वैसे चाहे यह दिन में जले या रात में कोई विशेष अन्तर नहीं पड़ने वाला, क्योंकि इधर से केवल मैं ही निकला करता हूँ...एक बार तो...सुबह दस बजे जब फैक्टरी की ओर जाता हूँ और दूसरी बार शाम चार बजे जब मैं वहाँ से वापस लौटता हूँ। उस समय तो वैसे ही काफ़ी उजाला रहता है, फिर भला उसकी उपयोगिता क्या है? मैं नहीं समझ पाता...!

कभी–कभी लगता है, इसे यह निकाल कर घर ले जाऊँ, किन्तु बिजली के बिना उसकी उपयोगिता (उपादेयता)?, वैसे खम्भे पर पन्द्रह फुट की ऊँचाई तक चढ़ने की हिम्मत भी मुझमें नहीं है...! एक फिटर की मृत्यु देख चुका हूँ..., कितनी संक्षिप्त–सी मृत्यु। ऊपर से एक वजनी पत्थर की तरह वह गिरा था, और सब कुछ समाप्त...। बारानाला के खम्भे के पास...। उसका सारा शरीर जल गया था...। मुझे अचानक डर क्यों लगने लगा? मैं नीम के तने से और अधिक सट जाता हूँ...। इसी नीम की टहनियों को छूते हुए तार उस खम्भे तक गया है...में करेंट पास कर जाता है... मैं डरकर उठ खड़ा होता हूँ... मेरे क़दम जल्दी–जल्दी उठने लगते हैं... सम्भवतः मौत से अपने फ़ासले को बढ़ाने का हास्यास्पद प्रयत्न...। मैं वहाँ से जल्द ही दूर निकल जाना चाहता हूँ...।

मेरे पाँव के पास एक आवारा कुत्ता आ गया है...। मैं उसे घुड़क देता हूँ...किन्तु वह फिर मेरे पास आ जाता है...कभी–कभी उसका गीला थूथन मेरे टखने से छू जाता है और मैं डरकर आँखें मींच लेता हूँ...

अब काटा...अब काटा। सोचता हूँ एक लात मार दूँ...मगर ऐसे कुत्ते बड़े मूडी होते हैं। कहते हैं, नदी किनारे एक मछुआरे को एक ऐसे ही कुत्ते ने काट लिया...। उसने लापरवाही से इंजेक्शन नहीं लगवाये और वह मर गया। सोचता हूँ यह उसकी लापरवाही थी या...? अगर मुझे ही यह काटे तो...? साढ़े छह–छह रुपये के बारह इंजेक्शन कहाँ से आयेंगे? विवशता क्या लापरवाही होती है?

मैं चुपचाप चलकर उस पीपल के नीचे पहुँच जाना चाहता हूँ...। वहाँ से बल्ब दिखता तो है, किन्तु उसकी टहनियों को छूते हुए तार नहीं गया है। सामने से एक सेठ चला आ रहा है...वही सेठ है...मुझे विभ्रम–सा होता है...इसी तरह के कई एक सेठ हैं, जिन्हें अलग–अलग पहचानने में बहुत कठिनाई होती है...लगता है, सब एक हैं... एक नहीं तो जुड़वाँ भाई हैं... या दर्पण में एक–दूसरे के साकार प्रतिबिम्ब...। इसी तरह का एक सेठ गाँधी चौराहे की दुकान पर बैठा रहता है...मक्खियाँ उड़ाते हुए...। इसी तरह का एक सेठ अदालत में बैठा रहता है...सामने बाइबिल, कुरान या गीता की किताब रखे हुए। इसी तरह का एक सेठ बस में तीन सवारियों की सीट पर अकेला बैठकर भैंसे की तरह साँस लेता है और इसी तरह का एक सेठ हर पहली को मुझे तनख़्वाह देता है... जिसमें हमेशा दो रुपये कम रहते हैं...यह जानते हुए भी मैं कोई प्रतिरोध नहीं करता–कर ही नहीं सकता। चुपचाप उसे जेब में डाल लेता हूँ...जो मिल जाये वही सत्य है...और इस झूठ को स्वीकारना ही मुझे लगता है, मेरे लिए सत्य है...।

आवारा कुत्ता मेरा पीछा छोड़कर अब सेठ के पीछे जा लगा है...वह उसके चारों ओर घूम–घूमकर उछल रहा है...। अभ्यर्थना से अधिक अधिकार जताते हुए। सेठ ने अपने हाथ के दोने से पेड़े का टुकड़ा उसकी ओर फेंक दिया है। अनायास मुझे अपना अस्तित्व छोटा लगने लगा है। मैं पीपल के नीचे बैठ जाता हूँ...तने से और अधिक सिमटकर...।

पूरे साल इस मुहल्ले में बस पुराने, थके, पसीने से लथपथ, परिचित चेहरों के अलावा कोई नया चेहरा नहीं दिखता। तीन घर का मुहल्ला..जिसमें हर एक की दीवार उघड़ी हुई है...हर एक घर

पीला–पीला मनहूस–सा लगता है और हर एक घर से दिन भर में सिर्फ़ एक बार धुआँ उठा करता है। हर पाँचवें साल उसी तरह का एक सेठ सबको एक–एक रुपये देकर ट्रक में बैठाकर शहर की ओर ले जाता है...उन दस–ग्यारह व्यक्तियों में एक मैं भी हुआ करता हूँ। वोट डालकर लौटते समय पैदल ही लौटना पड़ता है। उपेक्षित पिटे चेहरे...त्रस्त पैर और चरमराती खटिया, जिसमें सब धँस चुके होते हैं और मैं हमेशा इसी पीपल की ओर चला आया होता हूँ...तने से टिक कर उबासी लेते हुए...।

हाँ! पाँच–छह दिन हुए एक लड़का आया है...यहीं–कहीं पढ़ता है...पढ़ना क्या है, दिन में मूँगफली बेचता है और रात को इसी बल्ब के नीचे सोया करता है, किताब खोले...। गर्मी है न! ...जब ठण्डी पड़ने लगेगी तब वह क्या करेगा? ...मैं नहीं जानता। हाँ, इतना जानता हूँ कि ओढ़ने के लिए उसके पास एक कम्बल है और वह दिन में एक बार खाता है। खाता कम है और पीता अधिक है। तपती दुपहरी में जब पानी भी गर्म होकर भाप फेंकने लगता है... मैं उसे लगातार पानी पीते हुए देखता रहता हूँ। कहता है, एक साल और बाक़ी है। किसी तरह कटे...। मैं उसके भविष्य के विषय में सोचता हूँ...एक वृत्त बनता है जिसके अन्दर प्रश्नचिह्न उभरते जाते हैं और मैं हँस पड़ता हूँ। पर, यह उसकी अकेली समस्या नहीं है। सुनता हूँ, उसकी एक माँ भी है, जो पता नहीं कहाँ रहती है? हाँ वह कभी–कभी बताता ज़रूर है कि वह भी एक इलेक्ट्रिक के खम्भे के नीचे सोती है। उसके पास भी ओढ़ने के लिए सिर्फ़ एक कम्बल है। इस कम्बल से भी पुराना और वह भी दिन में सिर्फ़ एक बार खाती है... खाती कम है और पीती ज़्यादा। अचानक जो हीनता मैं कुत्ते वाली घटना से महसूस कर रहा था, वह दूर हो जाती है...।

बिजली का बल्ब पता नहीं क्या–क्या देखता है, लेकिन जितना वह देखता है, उतना ही मैं देखता हूँ। केवल दिन में ही मैं इसके पास नहीं रहा करता...। किन्तु दिन में तो यह भी नहीं देखा करता। उस दिन रात में पता नहीं, कहाँ से एक लड़का और एक लड़की इसी इलेक्ट्रिक के बल्ब के नीचे खड़े थे। लड़की रो रही थी और

लड़का ऊँची आवाज़ में कुछ समझा रहा था। इतना तो स्पष्ट था ही कि उसका समझाना या फुसलाना उस लड़की के लिए कोई महत्त्व नहीं रखता। वह लगातार रोती जा रही थी। बहुत देर तक मैं लड़के का बड़बड़ाना सुनता रहा था और लड़की की धीमी पड़ती सिसकियों को भी सुन रहा था...। कुछ देर बाद मैंने देखा था कि लड़की मुस्कुरा रही थी और लड़का उसे अपनी ओर बेसब्री से खींच रहा था। लड़की के गन्दे–फटे कपड़े रोशनी में और अधिक फटे हुए लग रहे थे। मैं जान गया था कि यह भी किसी बिजली के बल्ब के नीचे सोती होगी। इसके पास भी ओढ़ने को...एक...। लड़की खिलखिला रही थी। मैं जानता था कि इसके बाद वह फिर रोयेगी...इससे भी अधिक, इससे भी करुण आवाज़ में। लड़के का चेहरा एक बार मेरी ओर हुआ था। मैंने देखा था कि वह बिल्कुल उसी सेठ का प्रतिरूप है...शायद उसी का बेटा हो। जाते समय उसने भी लड़की को दोने में से पेड़ा निकाल कर दिया था। मेरा मन वितृष्णा से भर गया...मेरी कनपटी तक की नाड़ियों में तनाव उत्पन्न हुआ और मैं उस पीपल के नीचे से उठ खड़ा हुआ, मौत से अपना फ़ासला दूर करने के लिए।

आज मैं फिर फैक्टरी से जल्द–से–जल्द लौट आया हूँ और इसी पीपल के नीचे लेटा हूँ। पसीने से चिपचिपाता शरीर, गले पर मैल की परतें मोटी हो गयी हैं...सोच रहा हूँ, नहा डालूँ, मगर नींद से आँखें झपी जा रही हैं। आज वह लड़का भी मूँगफली बेचने नहीं गया है। परसों वह फूट–फूट कर रो रहा था। सुना है, उसकी माँ मर गयी...। दस रुपये जोड़कर वह रख गयी थी जो उसे मिल गये थे। उसे रोते देखकर मुझे पता नहीं क्यों, हल्का–हल्का सा महसूस हुआ था। वृत्त के प्रश्नचिह्नों में जितनी कमी होती जाये, वही अच्छा है। लगा था, लगा था, उसकी माँ की भी संक्षिप्त–सी मृत्यु हुई होगी...सिर लुढ़का होगा...और...। पर यह लड़का कहता था, माँ कई दिन से बीमार थी, दवा तक नहीं खायी...। मुझे लगता है, वह बीमारी से नहीं मरी, उसे भी पागल कुत्ते ने काटा होगा। वह कुत्ता किसी सेठ का या पालतू रहा होगा...उसने इंजेक्शन लगवाने में लापरवाही की होगी...! नहीं, विवशता क्या लापरवाही होती है? मैं सोचता हूँ...

सोचता नहीं महसूस करता हूँ कि मेरी मुट्ठियाँ अपने आप भिंच उठी हैं और मैं उठ खड़ा होता हूँ। उसकी माँ मौत से अपना फ़ासला दूर नहीं कर पायी, किन्तु, मैं और यह लड़का प्रतिदिन मौत से अपने को दूर घसीट ले जाते हैं। किसी दिन यदि विवशता या लापरवाही हुई तो मेरी या उस लड़के की भी होगी एक संक्षिप्त–सी मृत्यु।

लड़का बिजली के खम्भे पर चढ़ रहा है...। कल कह रहा था कि रोशनी ठीक से नीचे नहीं आती। मैं उसे मना करना चाहता हूँ...। चीख़कर कहता हूँ "उतर जा नीचे!" लड़का मुस्कुराकर मेरी ओर देखता है...उसकी मुस्कुराहट में एक व्यंग्य है। मुझे लगता है, वह मौत से अपने फ़ासले को जानबूझकर कम करना चाहता है। अभी वह भी एक वजनी पत्थर की तरह नीचे आ गिरेगा और फिर होगी एक संक्षिप्त–सी मृत्यु...। उसका कम्बल वहीं पर पड़ा रहेगा और किताब के पन्ने हवा में बिखर जायेंगे। लड़का नीचे उतर रहा है। मैं डरकर आँखें मूँद लेता हूँ। सोचता हूँ, मृत्यु से उसका फ़ासला बहुत कम रह गया है किन्तु, फिर देखता हूँ, लड़का नीचे खड़े होकर बल्ब की ओर देख रहा है। मैं उसे कहते हुए सुनता हूँ "लगता है अब ठीक लाइट आयेगी।" मैं एक लम्बी साँस खींचता हूँ...। लड़के ने एक बार फिर अपने को मौत से दूर घसीट लिया है। मैं वहाँ से चल पड़ता हूँ... शीघ्रता से...। लड़का एक बार फिर खम्भे पर चढ़ रहा है। शायद वह बल्ब को और नीचे करना चाहता है...मैं खड़ा हो जाता हूँ। वह बल्ब को नीचे की ओर खींच रहा है...अचानक वह एक वजनी पत्थर की तरह नीचे आ गिरता है। मैं चीख़ पड़ता हूँ...मौत से उसका फ़ासला समाप्त हो गया। उसका कम्बल वहीं पड़ा है और किताब के पन्ने हवा में बिखर गये हैं। अनायास ही मुझे उसके ऊपर क्रोध आता है। यह उसकी विवशता नहीं थी, लापरवाही थी...। उसकी मृत्यु संक्षिप्त नहीं होती...वह तड़प रहा है क्योंकि उसने लापरवाही की थी। मैं जल्द वहाँ से दूर हट जाना चाहता हूँ। मौत से अपना फासला बढ़ाने के लिए...फैक्टरी की ओर...।

वही मसीहा वही सलीब...

हिंसा के विरुद्ध युद्ध का अभियान, जिसका नेतृत्व इस युग में गाँधी ने किया। न जाने कितनी बार हुआ है और न जाने कब तक होता रहेगा। एक सलीब है, जिस पर एक–एक मसीहा आकर अपने को कुर्बान करता जाता है। न जाने कहाँ इस क्रम का अन्त है...

...उसकी माँ का नाम मरियम था। वह यहूदी था...दुबला–मरियल सा... किन्तु ताड़ जैसा लम्बा...। मैं उसे देखकर चौंक पड़ा था। मुझे लगा, यह पैगम्बर है...कोई मसीहा है,... मैं उसके पीछे चल पड़ा। उसका पीछा कर पाने में मुझे बहुत दिक़्कत हो रही थी। वह अचानक एक जगह खड़ा हो गया... हवा तेज़ी से चल रही थी जिससे उसकी दाढ़ी और सिर के बाल बिखर गये थे। उसने अपनी दुबली भुजाओं को ऊपर उठाया और कमज़ोर गले से कुछ कहना शुरू कर दिया। आसपास उसकी जाति और अन्य जातियों के लोग घिर आये थे किन्तु वह ऐसे बोलता जा रहा था जैसे इस समय वहाँ वह अकेला ही हो...। अचानक सभी की आँखों में घृणा और हिंसा का भाव तैरने लगा...। वह देख नहीं पा रहा था कि उसी की जाति के लोग उसके प्रति हिंसा पर उतारू हो गये हैं। आँखें मूँदे वह कहता जा रहा था। भीड़ उत्तेजित हो गयी थी और ख़ून के प्यासे लोग उसकी ओर बढ़ने लगे। मैंने सोचा कि उसे सावधान कर दूँ। इसलिए मैं पूरी शक्ति से चीख़ा, किन्तु उसके और मेरे बीच में युगों का अन्तर था, वह सुन नहीं पाया... बस आँखें मूँदे सोचता रहा। लोगों ने उसे पकड़ लिया था।

उसकी जाति के लोगों ने उसे पकड़कर घसीटना शुरू कर दिया...। ख़ून से उसकी दाढ़ी और सिर के बाल सन गये थे, किन्तु वह लगातार बोलता जा रहा था। अन्त में निर्दयतापूर्वक उसे क्रॉस में लोहे की कीलों से जड़ दिया गया। वह कुछ देर तक बोलता रहा। फिर उसने ईश्वर से प्रार्थना की कि वह इन नासमझों को माफ़ कर दे। इसके बाद उसका सिर एक ओर लुढ़क गया।

अनायास ही भीड़ का एक आदमी चिल्लाया–"वह मसीहा था... हमने बहुत गुनाह किया है", और सब लोग उसकी स्मृति में रोने लगे। फिर उन्होंने उसकी याद में धर्म की स्थापना कर ली और उसके अदब में उसकी लाश के आगे सर झुकाने लगे। वह ईसा था...क्राइस्ट...।

...इस बार मैंने फिर उसे पहचान लिया था...। वह एक बढ़ई के घर में पैदा हुआ था। मैंने देखा, उसने चलना शुरू कर दिया था... वह फिर लम्बा हो गया था...ताड़ जैसा। उसने अपनी दाढ़ी पर हाथ फेरा और कुछ कहने लगा...। वह शायद चाहता था कि लोग उसे पहचान लें, लेकिन मेरे अतिरिक्त शेष लोग उसे पहचानने में असमर्थ थे। उसका विस्तार होता गया और मैंने देखा कि वह उस देश का राष्ट्रपति बन चुका है। उसकी सफलता पर मैं हँसा। उसने इन्सान के दोनों रंगों को एक–दूसरे के नज़दीक लाना शुरू कर दिया...। उसने एक बार तेज़ी से कहा–"रंग की विभिन्नता के बावजूद भी सब मानव हैं।" वह कहता रहा और मैंने देखा कि भीड़ की आँखों में फिर से घृणा का भाव तैरने लगा था। वह थियेटर में बैठा था कि उसी की जाति के एक व्यक्ति ने, जिसका नाम बिल्कस बूथ था, उसे गोली मार दी। वह ख़ून से सन गया, फिर भी घरघराते गले से उसने हत्यारे के लिए ईश्वर से रहम माँगा। फिर उसका सिर, एक ओर लुढ़क गया। हत्यारे ने पिस्तौल ऊपर उछाली और मैंने पहचान लिया कि यह उसी क्रॉस को काटकर बनाया गया है...।

अनायास भीड़ में से एक व्यक्ति चिल्लाया–"वह मसीहा था... हमने बहुत बडा गुनाह किया है" और सब लोग उसकी स्मृति में रोने लगे। फिर उन्होंने बूथ को उत्तेजनावश मार डाला। वह लिंकन था...।

...इस बार मैंने देखा कि वह पोरबन्दर में खड़ा है। मैंने उसे अच्छी तरह से पहचान लिया। यह वही मसीहा था। वह फिर ताड़ जैसा लम्बा हो गया था और चलने लगा था। मैंने उसका पीछा करना शुरू कर दिया। वह तमाम समुद्रों को लाँघता रहा। फिर लौटकर अपने देश में आकर खड़ा हो गया। उसने भयंकर सर्दी में भी सिर्फ़ एक छोटा–सा कपड़ा अपनी कमर में लपेट रखा था। उसने फिर बोलना शुरू कर दिया था। इस बार उसकी आवाज़ अपेक्षाकृत मज़बूत थी। उसकी आवाज़ सुनकर वे जानवर भाग निकले, जो बीमारों और निरीहों के घर में बलात् आकर रहने लगे थे। लोगों ने ख़ुशियाँ मनायीं, किन्तु वे आपस में खाली घरों के लिए लड़ने लगे। यहाँ भी दो जातियाँ बन गयीं। उसने समझाने के स्वर में कहा कि तुम सब लोग एक हो। यह धर्म का केंचुल अगर उतार दो तो सब एक नज़र आओगे...। वह कहता रहा...। मैंने फिर देखा कि भीड़ की आँखों में घृणा तैरने लगी है। लोग हिंसा पर उतारू होकर उसकी ओर बढ़ने लगे। वह अपने जर्जर शरीर को एक लाठी के सहारे टिका कर बोलता रहा...। आँखें मूँदे। मैं उसे सावधान करने के लिए तेज़ी से चीख़ा। इस बार मेरे और उसके बीच युगों का अन्तर नहीं था, केवल कुछ वर्षों का अन्तर था, किन्तु फिर भी मेरी आवाज़ उस तक नहीं पहुँची। वह एक मन्दिर की सीढ़ी पर खड़ा था, जबकि उसकी जाति के एक व्यक्ति ने, जिसका नाम नाथूराम गोडसे था, उसे गोली मार दी। वह फिर ख़ून से सन गया था। उसने फिर घरघराते गले से हत्यारे की भलाई के लिए ईश्वर से प्रार्थना की। फिर उसका सिर एक ओर लुढ़क गया।

भीड़ में से फिर एक व्यक्ति चिल्लाया–"वह मसीहा था... हमने अक्षम्य अपराध किया है" और सब लोग उसकी स्मृति में आँसू बहाने लगे। फिर क्रोध के आवेश में उन्होंने गोडसे को मार डाला। वह गाँधी था...। उसी देश का जन्मदाता...।

...इस बार मैं उसकी तलाश में बहुत भटकता फिरता रहा, किन्तु वह नहीं दिखा। फिर अचानक मैंने उसे देख लिया। उसने विश्व के सबसे बड़े पुरस्कार को, जो उस पर लादा जा रहा था, अस्वीकृत कर दिया था। वह वैसा ही ताड़ जैसा लम्बा था...उसने बोलना शुरू

किया और फिर से भीड़ सिमट आयी। इस बार उसकी जाति के लोग उसकी पूजा करते थे। उन्होंने शायद उसे पहचान लिया था। जो–जो सड़कें ख़ून से सनीं, वहाँ–वहाँ जाकर वह शान्ति और प्रेम के फूल बोता रहा। एकता के लिए धर्म की नहीं आपसी सद्भावना और प्रेम की आवश्यकता है। वह कहता रहा...। इस बार उसकी जाति के लोग बिल्कुल कमज़ोर थे, किन्तु उन्होंने उसे पहचान लिया था। वे लोग उसे अपने स्नेह और प्यार पर उठाये हुए लिए जा रहे थे कि दूसरी जाति के एक व्यक्ति ने उसे गोली मार दी। वह ख़ून से सन गया था और उसका सिर एक ओर लुढ़क गया था। इस बार उसे इतना समय भी नहीं मिला कि वह हत्यारे के लिए ईश्वर से प्रार्थना कर सके। हत्यारे ने पिस्तौल को सजाकर अपने कमरे में रखा और मैंने पहचान लिया कि यह वही पिस्तौल है।

इस बार बहुत कम लोगों ने कहा कि वह मसीहा था। बहुत कम लोग उसकी याद में रोये। हाँ, उसकी जाति के निरीह लोगों ने अपने को असहाय पाकर आँसू बहाये। उनमें इतनी भी शक्ति शेष नहीं थी कि वे क्रोध में आकर हत्यारे को मार सकें। मसीहा फिर मर गया था। इस बार उसका नाम मार्टिन लूथर किंग था...।

...मैं फिर उसकी तलाश में भटकने लगा हूँ। वह कभी दिखता है, कभी खो जाता है, हाँ, इस बार मैंने अगर उसे देखा तो सारे विश्व को चीख़ कर बता दूँगा कि यह वही मसीहा है, तुम सब इसकी क़द्र करो। अनायास मेरी आँखों के आगे वही पिस्तौल नज़र आता है। उसका निशाना मेरे सिर की ओर है... मैं समझ गया हूँ कि अभी मेरा भी अन्त हो जायेगा और मैं कभी भी दुनिया को न बता पाऊँगा कि यही वह मसीहा है... इसकी क़द्र करो...।

* * *

‘बालू की भीत, पवन का खंबा
गोरख देख, भया अचंबा’

अन्तिम नीबू

यह तब की बात है, जब ऐसा लगने लगा था कि अब इस पृथ्वी से मनुष्य नामक जैविक प्राणी का अस्तित्व समाप्त हो जायेगा।

बहुत–से प्राणियों का अस्तित्व पृथ्वी पर इससे पहले ही समाप्त हो चुका था। चल–अचल दोनों तरह के चराचर थे। पेड़ पौधों, कीट–पतंगों, खर–पतवार से लेकर हज़ारों–लाखों तरह के दृश्य–अदृश्य जलचर–थलचर तक।

और पृथ्वी से इन सबकी विलुप्ति की वजह कुछ और नहीं, मनुष्य ही था।

लेकिन अब, इस बार ऐसा था कि स्वयं मनुष्य के ही विलुप्त हो जाने की घड़ी आ गयी थी।

टिक टिक टिक...

मतलब कि अब मनुष्य की दृष्टि से उसकी इस चमकदार, झमाझम, लूट–खसोट, हाय–हाय, मारो–काटो, नाचो–कूदो, खाओ–उड़ाओ, ठगी–झूठ की महान हिंसक सभ्यता में प्रलय या क़यामत या होलोकास्ट आने वाला था। हुआ यह था कि एक किसी चमगादड़ के शरीर से होता हुआ एक कोई वायरस चीन के एक शहर वुहान में, जहाँ दो साल पहले दुनिया के सबसे अमीर और ताक़तवर नेता और कम्पनियों के मालिक अपने किसी हिडेन एजेंडा के तहत इकट्ठा हुए थे और जहाँ से एक ऐसा 'फ़ाइव–जी' आने वाला था, जिससे अब तक किसी क़दर, थोड़ी–बहुत बची–खुची दुनिया भी इस मानव सभ्यता की मेगा–सुपर सरकारों की मुट्ठी में आ जाने वाली थी।

प्रकृति ने या ईश्वर ने मनुष्य की खोपड़ी के भीतर जो एक बहुत जटिल, बेजोड़, अद्वितीय सॉफ़्टवेयर फिट कर रखा था और जिसका अब तक वह फ़क़त 5 प्रतिशत ही इस्तेमाल कर पा रहा था, उससे अलग एक कृत्रिम और हज़ारों गुना तेज़ सॉफ़्टवेयर या नरम–मुलायम तकनीकी दिमाग़ बस अब आने ही वाला था। आर्टीफ़िशियल इंटेलीजेंस। कृत्रिम मेधा। मेड इन चाइना।

टिक टिक टिक...

पृथ्वी, चन्द्रमा, मंगल, गुरु, शुक्र समेत सारे ब्रह्माण्ड को अपनी मुट्ठी में करने की हसरत रखने वाले पूँजी, तकनीक, हथियार और समस्त भोग–विलास के बमुश्किल आधा दर्ज़न ताक़तवर स्वामी और उनके दर्ज़न भर क्रीतदास अर्थात् बॉन्डेड लेबर, मतलब बंधुआ मज़दूर साँस रोके चीन के उस शहर वुहान की ओर टकटकी लगाये, बिना पलक झपकाये देख रहे थे।

दो–तीन मेगा–गवर्नमेंट और बाक़ी दर्जनभर उनके दोनहा–पत्तलहा लोकल गवर्नमेंट।

टिक–टिक...धक–धक...

ऐसी घड़ी, ऐसा पल अब आने ही वाला था कि इनमें से जैसे ही कोई चीख़ता–'अच्छे दिन!' तो करोड़ों लोग, जिन्हें बिहारी–मैथिली की चुम्बकीय हिन्दी के एक कालजयी महान ओबीसी कथाकार ने 'अरना भैंसा' लिखा था, वे सब के सब एक साथ प्रत्युत्तर में चिल्लाते–

–'आयेंगे ...आयेंगे!'

'अच्छे दिन !'

'आयेंगे! आयेंगे...!

...आऽऽ यें ऽऽ गे ऽऽऽ! गेऽऽ गे ऽऽऽ!'

और बस्स...

बस तभी वह अजनबी–सा वायरस पता नहीं किस राजनीतिक–धार्मिक राष्ट्र के, किस पेड़ के कितने पुराने तने की खोखल के अँधेरे में छिपे किसी प्राचीन चमगादड़ के शरीर की कोशिकाओं के भीतर अब तक समाधिस्थ या हाइबरनेशन की तुरीयावस्था में लीन, वहाँ के किसी अदृश्य–अगोचर सिस्ट से निकलकर किसी छापामार गुरिल्ला

की तरह उस महान क्रान्तिकारी 'फ़ाइव जी' बनाने वाले उस चीनी सॉफ़्टवेयर अभियन्ता की नाक में घुसकर चुपचाप बलगम में घुल गया, जैसे दूध में पानी और पानी में पानी और दूध में दूध का बूँद घुल–मिल जाता है।

जैसे प्रेमिका के हृदय में प्रेमी का और प्रेमी के हृदय में प्रेमिका का प्यार घुल जाता है, जिसके फलस्वरूप लव जेहाद या जुनूनी क्रान्तिकारी प्रेम पैदा होता है।

जैसे ऑक्सीजन में हाइड्रोजन घुल जाता है और इश्क़ का दरिया बहता है।

इन्क़लाब ज़िन्दाबाद!

वन्दे मातरम्!

माँ तुझे सलाम!

लेकिन, उस अजनबी वायरस की यह हरकत, उस समय कोई भी अन्दाज़ा नहीं लगा सका कि एक सभ्यतामूलक आधि–महा–ऐतिहासिक हरकत थी। अभूतपूर्व! टीएच, अर्थात् 'ट्रैन्सेंडेंटल हिस्ट्री'!

किंवदन्ती बताते हैं कि कभी–कभी किसी बरनम वन में किसी हज़ारों साल पहले मरे विलुप्त पेड़ की ठूँठ में अचानक एक कनगी हरी होती है और उसमें से एक कोंपल निकलकर हज़ारों साल बाद के संसार को अपनी अबोध–पवित्र–शिशु आँखों से झाँकता है, एक नवजात नन्हा–सा पत्ता किसी हवा में हल्का–सा काँपता है और...फिर

...और फिर समूची सृष्टि बदल जाती है।

तो ऐसी ही हुई वह हरकत।

पैरा–मेगा–ट्रांस–हिस्टोरिकल सिविलाज़ेशनल मूव!

इतिहासों और इतिहासकारों को फलाँग कर, समूची सभ्यता को उलट–पलट कर, दुनियाभर के टीवी, सीसीटीवी, मोबाइल कैमरों के सामने एक बिल्कुल नयी डरावनी दुनिया खड़ी कर देने वाली हरकत।

उस वायरस की इस हरकत से वुहान के उस चीनी फाइव जी इंजीनियर के गले का बलगम जमकर पत्थर बन गया और उसने उसकी साँस का आना–जाना रोक दिया...और उस फ़ाइव जी वाले बेजोड़ सॉफ़्टवेयर इंजीनियर अर्थात् नरम–मुलायम–माल–अभियन्ता की

साँस बन्द हो गयी और वह हिट के हमले से मारे गये कॉकरोच की तरह जहाँ–का–तहाँ ढेर हो गया। पीठ के बल। चित्। आकाश की ओर अपने अकड़े हुए हाथ–पाँव ताने। चौंकी हुई खुली–बन्द आँखें।

कूब्रिक की मशहूर फ़िल्म के टाइटल की तरह–'आइज़ वाइड शट...!'

लेकिन उस अदृश्य हरकत की परिणतियों को तो अभी आगे प्रकट होना था। जिस क्रूरता के रंगमंच पर कई वर्षों का यह जो लम्बा नाटक खेला जा रहा था, चीनी फ़ाइव जी अभियन्ता की मृत्यु उस नाटक का पटाक्षेप नहीं थी। अभी तो बस उसी सेट और स्पॉट लाइट में एक अगला दृश्य अवतरित हो रहा था।

शान्तता कोर्ट चालू आहे!

ख़ामोश! नाटक जारी है।

वुहान शहर के लोगों और नेताओं ने कहा–

'आह, हमारा सबसे प्रतिभाशाली, कृत्रिम प्रज्ञा और आभासी ज्ञान का इंजीनियर 'ब्रेन हेमेरेज' या 'हार्टफेल' से अकाल मृत्यु का शिकार हुआ, वरना दुनिया के बाज़ार में हम एक महीने के अन्दर–अन्दर टॉप पर होते।'

लेकिन यह क्या?

होनी को तो अभी आगे कुछ और होना था...!

जब उस अभियन्ता की लाश राजकीय सम्मान के साथ उठायी जा रही थी, तभी पटापट, मच्छर–पतंगों की तरह कई लोगों के गले का बलगम भी पत्थर हो गया और जो साँस यानी प्राणवायु नाक के रास्ते निकलकर बाहर गयी, वह फिर फेफड़े में लौट ही न सकी।

प्रातः समय रवि भक्ष लियो तब तीनहुँ लोक भयो अँधियारो
पवनसुत हनुमान की जय।

साँस जो गयी सो गयी। लौटकर न आयी।

कोई गोरखनाथ का पद गा रहा था। उसकी आवाज़ गोरखपुर–कुशीनगर के इलाक़े से उठकर, सिक्किम, भूटान, तिब्बत, ब्रह्मा–म्याँमार, वियतनाम, कम्पूचिया, नेपाल के ऊपर से तैरती हुई

चीन के वुहान, शंघाई और वीज़िंग तक किसी रहस्यपूर्ण बैकग्राउंड म्यूज़िक जैसी गूँज रही थी। जैसे कोई ईरी साउंड ट्रैक। कानों से घुसकर शरीर की समस्त शिराओं को हिला डालने वाला अलौकिक रहस्यपूर्ण संगीत।

जैसे मिलारेपा और कबीर, जयदेव और निताई, बहुत सारे कनफटिया और महासिद्ध सरहपा एक साथ किसी कोरस में गा रहे हों–

'बारू की भीत...
पवन का खम्भा...
गोरख देख भया अचम्भा...

भोला मन जाने अमर मोरी काया...!'
'...अ...म...र ...मोरी काऽ ...या ...ऽऽ !'

देखते–देखते हज़ारों मर गये।

रील लाइफ़ के महान मरहूम अभिनेता प्राण का नाम, अब असली, बदहाल रियल ज़िन्दगी का खलनायक सिद्ध होने लगा।

अनुलोम का विलोम हो गया। दिशाएँ एक हो गयीं। बायाँ–दायाँ, लेफ़्ट–राइट, सच–झूठ, सूचना–अफ़वाह, सब एक। ज़िन्दा–मुर्दा सब बराबर।

यह जनवरी महीने के आख़िरी कुछ दिन थे। वुहान का वायरस तो पिछले साल के दिसम्बर में ही आ गया था।

इस बार नया साल कुछ देर से शुरू हुआ था।

दूसरा और तीसरा महीना आते–आते, यानी फ़रवरी और मार्च तक के सत्तर–अस्सी दिनों में पृथ्वी के सैंकड़ो देश उस वायरस की हरकत की चपेट में आ गये। पृथ्वी पर जितनी भी भाषाएँ थीं और जितने भी सूचना संचार के माध्यम थे सब में एक ही सूचना थी–'मौत'।

टीवी न्यूज़ चैनलों की टीआरपी मौत के आँकड़ों से बनने लगी। सेंसेक्स नीचे गिर रहा था, मृत्यु के आँकड़ों का इंडेक्स ऊपर की ओर उछाल मार रहा था।

यही वह समय था जब विनायक दत्तात्रेय अपने गाँव में अपने घर की पछीत के बग़ीचे में चुपचाप, अकेले, मुँह और नाक में मास्क

लगाये असमंजस में खड़े थे। पिछले ही दिन उन्होंने उस वायरस से बचने के लिए, रात में ठीक नौ बजे अपनी पत्नी और बच्चे के साथ ताली और थाली बजायी थी और अपनी छत पर राई के तेल और गऊ के देसी घी से, रुई की बाती भिगोकर, माटी के दिये जलाये थे।

ठीक नौ बजे रात।

इसलिए कि प्रधानमन्त्री ने कहा था कि नौ का अंक शुभांक होता है।

विनायक दत्तात्रेय ने अपनी पत्नी और बेटे से ख़ुशी में काँपते–थरथराते हुए कहा–

'देखो। अब कोई वायरस हमें नहीं छू सकता। क्योंकि...क्योंकि...'

वे एक पल के लिए डरे, इसलिए उन्होंने गले में अटके बलगम को घुटका। इस घुटकने की क्रिया ने उन्हें भययुक्त किया। हिम्मत आयी। उन्हें पता चल गया कि उनका बलगम अभी पत्थर नहीं हुआ, बाक़ायदा मानवीय या इन्सानी है।

विनायक दत्तात्रेय बलगम घुटकने के बाद संविधानसम्मत नागरिक अधिकार के जर्जर साहस में गुनगुनाने लगे–

'निरभय निरगुन गुन रे गाऊँगा...
पाँच पच्चीसो पकड़ मँगाऊँ जी
एक ही धागा पिराऊँगा...
निरभय निरगुन गुन रे...!'

उनकी पत्नी, बेटा और ड्राइवर थाली और ताली बजाना रोक कर उनकी ओर व्यग्रता के साथ ताकने लगे।

विनायक दत्तात्रेय के चेहरे में दिव्य आभा थी। दिये की रोशनी में सुर्ख़ हो गयी उनकी आँखें चमक रही थीं।

उन्होने थरथराते हुए कहा–

'सुनो, ये बात किसी से न कहना। तुम्हें गऊ क़सम। विद्या क़सम। ...पीएम और मेरा शुभांक एक है। नौ। ...नाइन! नाइन इज़ वेरी–वेरी फ़ाइन! ज़रा 'नौ' को बार–बार बोलकर तो देखो तुम लोग। उल्टा राम जपत जग जाना, वाल्मीकि भये ब्रह्म समाना। मरामरामरा म रा म बोलो! नौ नौ...नव...नव...नव...!

नव नव नव!

नव गति, नव लय, ताल–छन्द नव, नवल कण्ठ, नव जलद मन्द्र रव

नव नभ के नव विहग वृंद को

नव पर, नव स्वर दे!

नव नव नौ नौ

नवयुग आयेगा। वुहान वाला वायरस लेकर आयेगा।'

'वात–पित्त–कफ़। यह कुच्छ और नहीं कफ़ यानी बलगम का सारा मामला है।

ब्रह्मा, विष्णु, महेश। कुच्छ भी नहीं, शिव–शम्भु की लीला है। नाचने का मन पड़ गया होगा बम–भोले को।'

उन्होंने सोचा। धरती, आकाश–पाताल, ठोस द्रव, गैस। अब सब में होगा ताण्डव!

'लाउयेर बोनायिल आमि डुगडुगी
शाधिर लौ बोनायिल आमि बोयिरागी...
शोंगे नोहीं रे कोयनो बैशनोबी...
शादीर लौ बोनायिल आमि... बोयिरागी!'

विनायक दत्तात्रेय का पूरा परिवार छत पर नाच रहा था। सारा गाँव दूर से उन्हें देख रहा था, जहाँ एक किसी के घर में भी छत नहीं थी। बस छप्पर, एस्बेस्टस शीट और प्लास्टिक की चद्दर।

तो, उस नव की रात में विनायक दत्तात्रेय ने देखा था कि आसपास के गाँवों के लोग अपने–अपने आँगन, ओसार, गलियों में, दिया, मोबाइल, टार्च और केटी यानी 'किसान–टार्च' जलाये नाच रहे थे। सबसे बढ़िया डांस कोरियोग्राफ़ी तो उस गाँव की थी, जहाँ कोयले की खदानों में काम करने वाले मज़दूर थे, जिन्होंने खदान वाला 'माइनिंग हेलमेट' पहन रखा था, जिसमें टार्च फिट था। रोशनियाँ नृत्य कर रही थीं। बॉलीवुड के रुपया–पेट्रो डॉलर भक्षी कोरियोग्राफ़र मात खा जाते।

लेकिन आप सबको पता ही है कि विनायक दत्तात्रेय को तो ट्रांस या गैब या तुरीयवस्था में बार–बार चले जाने की लत पड़ चुकी थी,

इसीलिए वे नाचते–नाचते अपने नृत्य में लीन और विभोर होकर गाने भी लग गये थे–

'डफली वाले डफली बजा
मेरे घुँघरू बुलाते हैं
आ...आऽ... आऽऽऽऽ...!'

वे अपने कॉलेज के दिनों के रोलमॉडल, अपनी ही उम्र के चिंटू बन गये थे और उनकी थाली डफली में बदल चुकी थी।

लेकिन यह बात तो कुछ रोज़ पहले की, नौ नम्बर के शुभांक वाली रात की बात थी।

आज, फ़िलहाल तो वह अपने गाँव के घर की पछीत के अपने बग़ीचे में, मुँह–नाक में मास्क बाँधे, अकेले चुपचाप खड़े थे।

जैसा आप सब विनायक दत्तात्रेय के जीवन के बारे में जानते ही हैं कि वे और उनका परिवार लगभग आधी शताब्दी से ख़ानाबदोश था। किसी भी राष्ट्रीय या निजी अर्थात् अ–राष्ट्रीय नाटक कम्पनी में उन्हें कोई काम नहीं मिल रहा था। इस बीच उनके राजधानी वाले घर में डाका भी पड़ चुका था तो उनकी आर्थिक स्थिति आख़िर किस हाल में थी।

नौ साल पहले, ठीक बड़े दिन वाली सुबह साढ़े सात बजे वे बहत्तर घण्टे के कोमा, यानी जीवन और मृत्यु के बीच के अल्पविराम में भी जा चुके थे, और वहाँ के अँधेरे–उजाले में उन्होंने जो देखा था, वह वे किसी को बताना नहीं चाहते थे।

'मेरी ज़िन्दगी की हिन्दी हो गयी है।' वे अक्सर मुस्कुराते हुए कहते थे।

तो, वे बग़ीचे में चुपचाप खड़े थे और उस चीनी वायरस से यह अपना पंचरचित शरीर स–प्राण बनाये रखने के लिए प्रधानमन्त्री के निर्देशानुसार ताड़ासन और वृक्षासन लगाने की तैयारी में थे।

और बस्स!

यहीं पर उनसे चूक हो गयी।

अगर वह पहले ताड़ासन लगा लेते तो क़तई वह न देख पाते, जो उन्होंने वृक्षासन लगाते हुए देख डाला।

कहते हैं कि मनुष्य ही नहीं, हर चराचर का जीवन हमेशा कुछ संयोगों पर निर्भर हुआ करता है। लाइफ़ इज़ अनसर्टेन एवर, डांसेज ओवर चांस।

लेकिन विनायक दत्तात्रेय, जैसा कि आप जानते हैं, पढ़ते बहुत थे, इसलिए वे 'चांस' और 'संयोग' का अन्तर जानते थे, इसीलिए वे दोनों पदों का प्रयोग सन्दर्भानुसार करते थे।

एक जर्जर, पतली, जगह–जगह गाँठ लगी रस्सी पर, आँख में पट्टी और मुँह में मास्क लगाकर नृत्य। ये ही है ज़िन्दगी।

ये जीना भी कोई जीना है, लल्लू!

जहाँ विनायक दत्तात्रेय का गाँव था, उसी इलाक़े की एक सड़क पर, कई दशक पहले, या कह लें कि विनायक दत्तात्रेय के जन्म से भी पहले एक फ़िल्म की शूटिंग हुई थी, जिस सड़क पर एक ताँगा नियति के विरुद्ध लगातार दौड़ता चला जा रहा था। उस ताँगे में एक विवाहित अभिनेता और उसकी अविवाहिता विधर्मी प्रेमिका का दुखान्त छुपा हुआ था और जिसमें 'सजन रे झूठ मत बोलो, ख़ुदा के पास जाना है, न हाथी है, न घोड़ा है, वहाँ पैदल ही जाना है' गाने वाले गायक ने, अपने जीवन में पहली बार एक्टिंग करते हुए गाया था–

'छोटी सी ये ज़िन्दगानी रे चार दिन की जवानी तेरी।
हाय रे चार पल की कहानी तेरी।'

जिसने यह गीत लिखा था वह बहुत छोटी जात का बहुत ऊँचा महान कवि था, जो इस भाषा में अपनी ही ज़िन्दगानी की कहानी नहीं जान पाया था, धोखे से उसने एक फ़िल्म बना डाली थी और क़र्ज़ न चुका पाने की वजह से 'गोदान' के होरी की तरह असमय गुज़र गया था और अपनी उस क्लासिक लेकिन फ़्लॉप फ़िल्म में एक गाना लिख कर छोड़ गया था–

'सजनवा बैरी हो गये हमार...'

यानी 'सजन' ने तब भी झूठ बोल दिया था, और बिना हाथी–घोड़े के, बिना पैदल चले, किसी कार या हवाई जहाज़ में चढ़कर अपने ख़ास ख़ुदा या आका के पास चले गये थे।

विनायक दत्तात्रेय सोच रहे थे कि महात्मा गाँधी तो पैदल ही लाठी के सहारे चलते थे, उन्हें भी, विनायक दत्तात्रेय के जन्म से चार साल पहले, किसी झूठ बोलने वाले सजन के बन्दे ने गोली मार दी थी।

तो बात वहाँ थी कि विनायक दत्तात्रेय से चूक हुई और ताड़ासन लगाने की जगह उन्होंने भूलवश वृक्षासन लगा लिया।

फिर तो, जैसा आप विनायक के बारे में जानते ही हैं कि उन्हें ट्रांस या गैब या तुरीयावस्था में चले जाने का एडिक्शन था।

तो वे धीरे–धीरे वृक्ष बनने लगे।

हरा–भरा पेड़। वैसा पेड़, जो बिरहमनी भाषा की कविता में क़तई नहीं होता।

असल में, बुनियादी समस्या की जड़ यह थी कि विनायक दत्तात्रेय की चेतना में एक साथ अध्यात्म, पदार्थवाद, आधि और परा भौतिक–भाववादी दर्शन और साहित्य–कलाएँ एक ही क्षणांश में किसी ज्यामितिक गतिशीलता में सक्रिय हो जाती थीं।

उन्हें याद रहता था कि किसी महान साहित्यकार ने कभी कहा था कि अगर तुम सेब के बारे में लिखना चाहते हो, तो सेब को तब तक देखते रहो, जब तक तुम स्वयं सेब न बन जाओ। अगर रेशम के बारे में लिखना चाहते हो शहतूत की डाल में लगे कोशाफल के कीड़े को तब तक देखते रहो, जब तक तुम ख़ुद कोशाफल के कीड़े न बन जाओ। जब ऐसा हो जायेगा तभी तुम रेशम का रहस्य समझ पाओगे और तुम रेशम के बारे में लिख पाओगे।

इसीलिए उन्हें जानने वाले लोग जानते हैं कि कई बार विनायक दत्तात्रेय कुछ और बन जाया करते थे। जैसे दूध, कप, नीले रंग का गुब्बारा, पहाड़, मैदान, सेमल का पेड़, शहतूत की कुशियारी, रेशम वग़ैरह–वग़ैरह।

तो, वृक्षासन में लीन विनायक दत्तात्रेय एक हरा–भरा पेड़ बन गये थे। अंग्रेज़ी में बोलें तो–ग्रीन ट्री और जर्मन भाषा में कहें तो–'ग्रूनबाम'।

वे इस तरह से पेड़ बन चुके थे कि उनकी भुजाएँ डालियाँ, उँगलियाँ टहनियाँ, रोयें पत्ते–पत्तियाँ आदि बन चुकी थीं और तितलियाँ, मधुमक्खियाँ, मकड़े–मकड़ियाँ, चींटे–मटे, बाज–बुलबुल सब आकर

उस हरे–भरे पेड़ पर लद गये थे और अपनी–अपनी भाषाओं में एक–दूसरे से बातें कर रहे थे। कोई उन परिन्दों को बन्दूक़ नहीं दिखा रहा था कि सिर्फ़ एक किसी भाषा में ही बोलो और चहको। वरना शूट एट साइट!

और यह सच है कि जब आप पेड़ या पक्षी बन जाते हैं, तभी किसी दूसरे पेड़ या चिड़िया को उसकी सम्पूर्णता और वास्तविकता में देख पाते हैं। ठीक यही बात मनुष्य या इन्सान और उसके समाज पर भी लागू होती है।

जब तक आप 'दूसरा' नहीं बनते, तब तक न दूसरे की भाषा समझ सकते हैं, न 'अन्य' किसी का जीवन। बाघ और इन्सान में यही फ़र्क़ होता है क्योंकि बाघ न हिरण बन सकता है, न गाय।

किंवदन्ती कहती है कि त्रेता युग में एक राजा दिलीप सिंह हुए थे, जो बाद के अपने कुल के कई राजाओं के बाप थे। वे शेर और गाय, दोनों की भाषा समझते थे। इसी विद्या के बल पर उन्होंने एक बार एक गाय और उसके बछड़े को एक डरावने भूखे शेर या सिंह अर्थात् लायन के जबड़े और पेट में जाने से बचाया था।

लेकिन यहाँ भी किंवदन्ती में एक औचक पेच है। इस पेंच को सिद्ध सौन्दर्य–वैज्ञानिक 'गल्प–गाँठ' कहते हैं। तो गल्प–गाँठ यह कि वह भूखा सिंह, जो रघुवंश के राजा दिलीप सिंह के सामने गाय और उसके बछड़े को खा जाना चाहता था, वह शेर या लायन था ही नहीं। वह एक ईश्वर था। ईश्वर कभी–कभी शेर, सुअर, कछुआ, आग, हवा, पानी बन जाता है। क्योंकि वह अन्य की भाषा समझता है।

जब कोई यह बात जान जाता है, तब विश्वास कर लेता है कि किसी एक क़िस्से को कैसे किसी गरुड़ और एक कौवे ने एक–दूसरे से कहा और सुना। तभी यह समझ में आता है कि पसोलिनी ने अपनी एक फ़िल्म में एक कौवे को क्यों प्रोफ़ेसर बनाया था, जो कैम्पस में अपनी खरखराती–खरोंचती हुई आवाज़ में छात्रों को साहित्य, राजनीति और समाज का सिद्धान्त सिखाता टहलता था और स्टूडेंट्स उसे 'मनहूस' कहते हुए दूर भागते थे।

तो, यही वह गैब या तुरीयावस्था थी कि वृक्ष हो चुके विनायक दत्तात्रेय को वह नीबू दिखाई दे गया, जिसे अब तक किसी ने नहीं देखा था। जबकि उनके बग़ीचे में हर रोज़ पाँच–छह लोग कभी–न–कभी रहते थे। वे स्वयं इस बग़ीचे में दिनभर में, #StayHome के चलते, कई–कई चक्कर लगाते थे।

वह इस मौसम का अन्तिम नीबू था।

'एक्शन'

'एक्शन...साइलबस!'

वृक्ष के भीतर से आवाज़ आयी और विनायक दत्तात्रेय ने हाथ बढ़ाकर वह नीबू तोड़ लिया।

वह कागज़ी नीबू था। शुद्ध देशी। जो यूरोप और अमेरिका में कहीं नहीं पाया जाता।

जिसके बारे में दुनियाभर के चिकित्सक, वैद्य, हकीम, डॉक्टर ही नहीं प्रधानमन्त्री भी कह रहे थे कि इसका रस वुहान के वायरस से प्राण बचा सकता है। दि ग्रेट साइट्रस फ्रूट।

'निबुआ तले डोला रख दे मुसाफ़िर...'

विनायक दत्तात्रेय ने हिन्दी या हिन्दवी के आदिकवि अमीर खुसरो का गीत गाना शुरू कर दिया और उस लोकगीत बन चुकी जन–कविता के संगीत में लीन होने लगे।

उन्होने नीबू को मेज़ पर रख दिया और उस नीबू को अपलक देखने लगे। टकटकी लगा कर।

वह नीबू इस मौसम का अन्तिम नीबू था। बाज़ार से नीबू लाना मुमकिन नहीं था क्योंकि बाहर, बाज़ार की ओर जाने वाली सड़क पर पहुँचते ही पुलिस 'दण्डित' करती थी। तड़ातड़। 'दण्ड' तत्सम था। हिन्दी या हिन्दवी में वह था 'डण्डा'। इतिहास तो छोटी शै है, उसका वैसे ही अन्त हो चुका था। विनायक दत्तात्रेय ने तुरीयावस्था में जाकर देख लिया था कि समूची मानव सभ्यता के पुराकाल में भी कभी इतने डण्डे नहीं चले थे।

इसीलिए अब प्राण बचाने के लिए इसी अन्तिम नीबू से काम चलाना था। इसीलिए विनायक उस नीबू को प्यार से निहार रहे थे।

और यह एक बहुत बड़ी गलती थी।

एक भयंकर भूल। मिसटेक नहीं, वलंडर, हाऊलर।

टिक टिक टिक

विनायक दत्तात्रेय नीबू बनने लगे।

नीबू बनने की यह प्रक्रिया या प्रसंस्करण अजब था। शब्दातीत। अनुभवातीत। अनिर्वचनीय।

हर रंग की अलग और अद्वितीय गन्ध होती है, यह तो विनायक दत्तात्रेय अच्छी तरह से जानते थे। हरे रंग की गन्ध को तो वह तमाम वनस्पतियों में खोजते और खाते–पीते ही रहते थे।

लेकिन इस बार?

इस अन्तिम नीबू के सामने नीबू बनते हुए, जो हरा रंग उनकी त्वचा पर फैल रहा था, इस हरे रंग की गन्ध बाक़ी हरों से बिल्कुल अलग थी।

'आह!'

उन्होंने गहरी साँस अपने फेफड़ों में भरते हुए कहा और ग्लोबस का 'एन. 95' मास्क उतार कर फेंक दिया। अब वे बिल्कुल अरक्षित, वध्य और वलनरेबल थे।

नीबू...!

बिल्कुल प्योर, निखालिस देशी। आर्य, ज्वार, गन्ना, कपास यहाँ से बाहर गये हों या न गये हों, यह तो सिद्ध था कि नीबू तो पक्का यहीं से दूसरे देशों को गया। अपना महान निम्बुआ, निम्बू, नेमुआ।

उन्होंने कहीं पढ़ा था कि जब कोलंबस नीबू को अमेरिका लेकर गया, उससे बहुत पहले यूनान के साम्राज्य तक स्वदेशी निम्बुआ की बहन–बिरादरी पहुँच चुकी थीं। इसी के रस से औषधि और विष बना करता था। यूनान की कई रानियों ने अपने प्रेमियों से मिलकर अपने पतियों को इसी से ख़त्म कर के तख़्त–ओ–ताज हासिल किया था, और कई प्रेमी या प्रेमिकाओं ने इसी के रस से एक–दूसरे की जान भी बचायी थी। क्लॉडियस का क़िस्सा। विषस्य विषमौषधिम।

काँटे से काँटा! पूँजी से पूँजीवाद! समानता से समाजवाद। खल से खल ख़त्म किया जाता रहा है।

लेकिन तथागत ने तो ऐसा कभी नहीं कहा था।

तो किसने कहा था?

नीबू बनते हुए विनायक किसी टाइम मशीन की तरह भूत और भविष्य के दिक् और काल में पहुँचे किसी अन्तरिक्ष यात्री की तरह अपना सारा भार छोड़कर, हवा से भी हल्के और अमीबा से भी अधिक सूक्ष्म होकर किसी मात्रा के रूप में टहल रहे थे तभी अचानक उनके बग़ीचे की पृथ्वी के गुरुत्वाकर्षण ने एक ज़ोरदार धक्का मारा...

धचाक...

धमीम...

धड़ाम...!

यह धक्का किसी बहुत बड़े भूकम्प या सुनामी के धक्के जैसा था। रिक्टर पटरी पर नौ से ग्यारह नाप वाला भूकम्प। जैसा अभी कुछ साल पहले गुजरात के कुछ इलाक़ों में आया था, जिसमें हज़ारों लोग मरे थे और लाखों बे–घरबार हो गये थे, जिसका पूरा क़िस्सा हिन्दी में हमेशा पान की गिलौरी गलियाये रहने वाले एक अपूर्व जादुई गद्यकार या असम्भव रिपोर्टर ने लिखा था।

'हर भूकम्प...हर प्राकृतिक या मानव निर्मित विपत्ति का कोई–न–कोई 'केन्द्र' या 'एपीसेंटर' ज़रूर होता है।

'एपीसेंटर'!' विनायक दत्तात्रेय ने सोचा...

और यह सोचना ही ग़लत हो गया

धड़ाम...!

जैसे कोई विस्फोट हुआ और वे एक कई साल पुरानी किताब के पन्नों पर आकर गिरे।

जिस पन्ने पर विनायक दत्तात्रेय नीबू बन कर गिरे थे, उस पन्ने पर एक छोटी–सी कहानी किसी एंटीक फॉन्ट में मटमैली स्याही में छपी हुई थी, जिसका शीर्षक था–'मानव–भक्षक दैत्य'।

यह कहानी मूलतः तो स्पानी भाषा में, बीसवीं सदी के एक ऐसे अन्धे महान कथाकार और कवि ने लिखी थी, जो अपने कमरे से कभी बाहर नहीं निकलता था लेकिन दुनिया के हर देश के गली–मोहल्लों, लोग–बागों और देवी–देवताओं को जानता था।

पृथ्वी के दूसरे छोर पर अपने छोटे से अँधेरे बन्द कमरे में बैठकर उसने अपनी 'रेत की किताब' शीर्षक कहानी की शुरुआत बीकानेर के जिप्सियों से की थी, जो रेत की किताब बेचने के लिए राजस्थान से निकलकर यूरोप, अमेरिका, ऑस्ट्रेलिया, अफ्रीका और जाने कहाँ–कहाँ घूमते रहते थे।

लेकिन इस 'मानव–भक्षी दैत्य' शीर्षक कहानी की असलियत कुछ और ही थी।

असलियत यह कि यह कहानी उस अन्धे, बूढ़े, स्थावर कथाकार ने नहीं लिखी थी। यह कहानी श्रीलंका की एक लोककथा थी, जिसे ख़ुद श्रीलंका के सिंहली, तमिल और बौद्ध भूल चुके थे।

आह! कैसा महान और अद्वितीय कथाकार था वह, जो बिना आँख के देखता था, बिना कान के सुनता था, बिना जीभ के सारे स्वाद जानता था और बिना दिमाग़ के सोचता था।

सारा संसार एक कथा है। हर बार वही कथा दुहराई जाती है। हर क़िस्सा पहले ही कहा जा चुका है। ऐसा उसने कहा था।

तो विनायक दत्तात्रेय उस विलक्षण पुरानी किताब के पन्ने पर स्पानी से अंग्रेज़ी में बदल दी गयी कहानी–'ओग्रेस' दत्तचित होकर पढ़ने लगे और जैसा आप जानते हैं कि विनायक दत्तात्रेय दुनिया की कोई भी अधिकृत यानी ऑफ़िशियल या अधिगृहीत अर्थात् एन्स्लेव्ड अथवा गुलाम भाषा नहीं जानते थे, इसके बावजूद उनके दिमाग़ में कोई ऐसा सहजात मल्टी–लिंग्वल सॉफ़्टवेयर मौजूद था, जो हर भाषा को अपनी तरह से पढ़ता था।

तो नीबू ने–'आदमखोर दैत्य' शीर्षक कहानी पढ़नी शुरू कर दी।

कहानी यह थी कि एक बार, कई–कई साल पहले, श्रीलंका में ऐसे ओग्रेस या आदमखोर दैत्य आ गये जिन्होंने वहाँ के हर मानुष को खाना शुरू कर दिया। फिर वे श्रीलंका को चट करने के बाद सारी दुनिया में फैलने लगे। बिल्कुल वुहान वाले इस वायरस की तरह।

इन दैत्यों को मारने की तमाम कोशिशें की गयीं, लेकिन कोई भी हथियार उनका रोयाँ तक न उखाड़ पाता था।

वे पॉपकॉर्न की तरह, बबलगम की तरह, टॉफ़ी या आइस्क्रीम की तरह मनुष्यों को खाते थे और कोल्ड ड्रिंक की तरह पी जाते थे।

हाहाकार मच गया।

जैसे मधुमक्खी के छत्ते पर ढेला मारने पर बदहवास मधुमक्खियाँ उड़ती–बिखरती हैं, उसी तरह लाखों–करोड़ों डरे हुए लोग सड़कों पर जान बचाने के लिए भाग रहे थे और मर रहे थे। तबाही–ही–तबाही पसरी हुई थी।

तो उसी समय हिन्दुस्तान में एक अस्सी साल का बूढ़ा ऐसा था, जिसके पेट में कई दिनों से बहुत दर्द हो रहा था। ऐंठन और असह्य मरोड़ उठ रही थी। उसे मानव–भक्षक दैत्यों ने नहीं खाया था। शायद बहुत बूढ़ा और जर्जर होने की वजह से वह अखाद्य हो गया हो।

वह बूढ़ा अपने बग़ीचे में ठीक विनायक दत्तात्रेय की तरह जब टहल रहा था, तब उसने भी एक नीबू देख डाला था। वह नीबू भी उस मौसम का अन्तिम नीबू था।

वह बीमार बूढ़ा भी कागज़ी नीबू की तासीर को जानता था इसलिए उसने उसे तोड़ लिया और अपने पेट के दर्द और मरोड़ से निजात पाने के लिए उसने उसे एक चाकू से काट दिया।

नीबू का कटना था कि सारे मानवभक्षक दैत्य मच्छरों की तरह पलक झपकते मर गये।

समूची पृथ्वी के मानुषों की जान बच गयी।

'आह! चाकू!' विनायक दत्तात्रेय चीखे।

'चक्कू...चक्कू...'

नीबू के भीतर से चीख़ के सहारे विनायक बाहर निकल आये।

लेकिन चीख़ और बाहर निकलने के एक क्षणांश में उन्होंने जो देखा और सुना वह बहुत डरावना, सुर्रियल और रहस्यपूर्ण था। जैसे कोई हैलोवीन की गुफ़ा या संग्रहालय।

उस अन्तिम नीबू के भीतर एक डरावना लोक था। वहाँ विचित्र आकार–प्रकार के कृत्रिम मानवाकार नर और मादा थे। वे सिर्फ़ गन्दी, फाहशा, घिनौनी और हिंसक भाषा में आपस में बोल रहे थे। पचास–साठ साल की उमर के ये डरावने मानवाकार किसी भेड़िये की गुर्राहट में मेल–फीमेल कोरस गा रहे थे।

यह गाना विनायक दत्तात्रेय के पिता के बचपन का मशहूर गाना था, जिसे कभी हिन्दुस्तान–पाकिस्तान की महान कालजयी गायिका ने गाया था। फ़िल्म थी 'अनमोल घड़ी'।

विनायक दत्तात्रेय की शिराओं में भय की सिहरन दौड़ गयी क्योंकि अतीत का वह मधुर गीत अब ओग्रेस गा रहे थे–

'जवाँ है मोहब्बत हसीं है ज़माना...

...लुटाया है दिल ने ख़ुशियों का ख़ज़ाना...

ख़ुशियों का ख़ज़ाना...!'

वहाँ बहुत सारी लाशें थीं। बच्चों, बच्चियों, बूढ़े, बूढ़ियों, ग़रीब और असहाय लोगों की लाशें।

मज़दूरों, कलमचियों, दर्जियों, लोहारों, मुसलमानों, फ़क़ीरों, सन्तों, वनवासियों–मूलनिवासियों, तमाम तरह के मज़लूम विजातियों की लाशें।

उनमें से एक अधबूढ़ा मानवाकार एक बूढ़ी मानवाकृति के साथ गा रहा था–

'अभी तो मैं जवान हूँ...'

यह गाना विनायक दत्तात्रेय के जन्म से भी पहले का मल्लिका पुखराज का गाया अमर गाना था। अलिशा चिनॉय का नहीं।

और उसी क्षणांश के हज़ारवें अंश में उस अधबूढ़े ओग्रेस ने, जो नशे में धुत् था और एक नन्ही–सी बच्ची को अपने पंजों में जकड़े हुआ था, विनायक दत्तात्रेय को देख लिया।

'मादर...

मादर...

मादर...'

वह चीख़ा और विनायक दत्तात्रेय की ओर दौड़ा...।

यह बहुत ही नाजुक पल था।

'या देवी सर्वभूतेषु चेतनेत्यमिधीयते...

फ़ॉर यू दि मदर ऑफ़ गॉड, ओ मेरी, टु बी माइंडफुल ऑफ़ अस'

'चक्कू...!' विनायक दत्तात्रेय चीख़े और उस नीबू को मेज़ पर छोड़कर, रसोई की ओर दौड़ पड़े। किचेननाइफ़ वहीं रखा था।

लेकिन बग़ीचे से रसोई की दूरी पैंतालीस दशमलव सत्ताइस मीटर थी। रास्ते में कुछ खर–पतवार, एक टूटी बाल्टी, एक कुदाल, दो फावड़े भी जहाँ–तहाँ पड़े हुए थे।

विनायक दत्तात्रेय, जैसा आप सब जानते हैं, मानवभक्षक दैत्यों के लिए अखाद्य इसलिए थे कि उनकी उम्र सत्तर के करीब पहुँच रही थी। ऊपर से वुहान वाले वायरस से प्राण बचाने के लिए वृक्षासन लगाने और नीबू बनने की वजह से वे थक भी गये थे। घर–गृहस्थी की गाड़ी आधी सदी तक खींचने के कारण वे कमज़ोर भी हो गये थे इसलिए वे बग़ीचे से रसोई के रास्ते में चार बार गिरे।

उनकी नाक और घुटनों में खरोंचें लगीं। उन खरोंचों से इन्सानी लहू निकला। मानवीय पीड़ा हुई।

'दर्द का हद से गुज़रना है दवा हो जाना' उन्होंने मिर्ज़ा ग़ालिब को याद किया और आशावादी चिल्लाहट के साथ रसोई में रखे चाक़ू को उठाकर लौट पड़े।

उनके क़दमों में दृढ़ता थी।

'माँ तुझे सलाम!

माँ तुझे सऽ ...ला...ऽऽऽ म...!'

वे ऑस्कर अवॉर्ड से सम्मानित, हिन्दू से मुसलमान बन गये देश के सबसे प्रतिभाशाली और देश की मनोरंजन इंडस्ट्री के सबसे महान अर्बन नेशनल लोकगायक ए. आर. रहमान का इंडिया गेट पर गाया गाना गा रहे थे।

उन्हें दृढ़ विश्वास था कि जैसे ही वे उस मेज़ पर रखे इस मौसम के अन्तिम नीबू को चाकू से काटेंगे, सारे के सारे ओग्रेस या आदमखोर दैत्य मच्छरों की तरह चट से मर जायेंगे और वुहान वाले वायरस से इस पृथ्वी के सारे मनुष्य बच जायेंगे।

क्योंकि इस संक्रामक वायरस के प्राण उसी अन्तिम नीबू के अन्दर हैं।

उन्होंने चाकू को कस कर पकड़ लिया और मेज़ की ओर बढ़े।

लेकिन

लेकिन, होनी को तो कुछ और ही होना था।

अन्तिम नीबू उस मेज़ से गायब था।

उसे कोई चुरा ले गया था।

अगर आप कहीं विनायक दत्तात्रेय को इस कोरोना काल में कहीं मास्क लगाये भटकते हुए देख सकें और पहचान लें तो जान लीजिए कि वे उस 'अन्तिम नीबू' की खोज में भटक रहे हैं।

हो सके तो उनकी मदद करें।

भाषा के भीतर ही वह अन्तिम नीबू है क्योंकि भाषा ही इन्सानों की मौलिक या व्यावहारिक चेतना है।

'इंडिया टुडे' (हिन्दी), जून 2020, में प्रकाशित

❑❑